KB063578

동남제도 수호검

배상삼 이야기

김일광 소설

우리나비

도둑

　일본 측량선 두 척이 독도 주변 해저를 탐사하기 위하여 톳토리현 항구에 정박하고 있습니다. 탐사선은 오늘 밤이나 내일 아침 독도를 향해 출항할 것으로 보입니다. 독도까지의 거리는 233km로, 최고 속도로 달리면 독도까지 5시간 40분이 걸린다고 합니다. 이를 호위하기 위한 해상 자위대 소속 순시선 네 척도 출항 준비를 하고 있습니다. 우리 해양 경찰 경비정도 만반의 준비를 하고 있습니다. 독도 주변은 지금 일촉즉발의 긴장감이 감돌고 있습니다.

아나운서가 긴박한 목소리로 뉴스를 전했다. 화면에는 일본 탐사선과 자위대 순시선이 보였다. 화면이 바뀌면서 우리 해양 경찰 경비함도 독도로 달려가고 있었다. 일본이 독도를 두고 또 도발 행위를 벌이고 있다는 뉴스였다.

아버지는 텔레비전을 끄면서 혀를 끌끌 찼다.

"못난 놈들!"

아버지는 독도 이야기만 나오면 화를 냈다.

나는 아버지 눈치를 살피며 살며시 리모컨을 끌어당겼다. 아직 보고 싶은 게 남았기 때문이었다.

"그만 자! 자정이 지났어."

"재미있는 영화를 보고 싶은데."

구시렁대 봐야 소용없었다. 아버지는 아예 불까지 꺼 버렸다.

밤이 이슥해지고 있었다.

언제부터인가 바스락거리는 소리가 들려왔다.

'쥐 소린가?'

쥐 소리는 아니었다. 누군가가 은밀하게 다가오고 있는 게 분명했다. 나는 귓바퀴를 곤두세우고 그 소리를 쫓았다.

"뭐지? 이 밤중에."

자는 줄 알았던 아버지가 가만히 내 입을 막았다.

"아빠, 도, 도둑!"

"쉿!"

아버지도 역시 그 소리를 쫓고 있었다.

알 수 없는 움직임은 더욱 은밀해졌다. 불안하고 초조한 시간이 이어지고 있었다. 움직임은 해무처럼 은밀하게 현관 안으로 스며들었다.

"으흠!"

아버지는 크게 헛기침을 하며 일어나 앉았다. 도둑이 도망가 주기를 기대하며 일부러 인기척을 냈다. 나도 따라 일어나려는데 아버지가 내 어깨를 눌러 다시 눕혔다. 그러고는 이불을 끌어다 덮었다.

"누, 누구야!"

아버지의 고함과 함께 방문이 스르르 열리는 소리가 들렸다.

겁이 나서 온몸이 떨렸다. 앙다문 이가 서로 부딪히면서 소리를 냈다.

"누구야!"

아버지는 다시 소리를 질렀다. 그러나 목소리는 심하게 떨렸다.

방 안까지 들어온 도둑은 여전히 말이 없었다.

"네놈이 또……."

"그래. 내가 또 왔소. 칼, 칼을 주소."

그때까지 아무 말이 없던 도둑이 칼을 내놓으라고 했다.

"칼을 달라? 백 번을 찾아온대도 그 칼은 줄 수 없다. 너 같은 놈이 감히 우리 집안의 칼을 넘보다니."

칼이라는 말이 나오면서 이상하게도 아버지의 목소리는 차분히 가라앉았다. 그와 다르게 도둑의 숨소리가 거칠게 흔들렸다.

"칼을 넘본다고? 칼 주인을 잘 알잖소."

"쓸데없는 소리 마라. 칼의 자리는 여기야. 예전에도 그랬듯이 지금도 마찬가지야. 이 집 주인은 누가 뭐라고 해도 나야. 그러니까 칼의 주인도 바로 나라고."

도둑이 아버지에게 달려드는 것 같았다.

더 이상 숨어 있을 수 없었던 나도 이불을 박차고 일어났다. 그 바람에 놀란 도둑이 두어 발 물러섰다. 도둑은 이불 밖을 뛰어나온 사람이 어리다는 것을 알고는 다시 자세를 바로잡았다. 나는 아버지를 구해야 한다는 생각뿐이었다. 도둑이 주춤거리는 순간을 놓치지 않고 이불을 도둑에게 던지고는 불을 켰다. 정체가 드러날까 봐 겁을 먹은 도둑은 몸을 날려 전시장으로 달아났다.

우리 집은 오래된 대장간이었다. 그러나 대장간 찾는 사람이 없어지면서 대장간 문을 닫았다. 아버지는 낡은 대장간과 창고는 그대로 살려 놓은 채 그 옆에다 터를 닦고 새집을 지었다. 도둑이 도망친 전시장은 바로 옛 대장간을 고쳐 만든 곳이었다. 아버지는 옛날에 쓰던 대장간 연모들을 진열해 두고 박물관처럼 운영하였다. 우리 집은 대대로 울릉도와 독도를 지켜 온 자랑스러운 가문으로 알려져 있었다. 벽면 가운데는 처음 울릉도에 들어온 할아버지부터 그 아래로 할아버지들의 사진이 나란히 걸려 있었다. 건물 앞에는 '동남제도역사문화연구소'라는 번듯한 간판도 있었다. 이를 구경 오는 관광객들도 꽤 많았다.

"아빠! 경찰에 신고해요?"

"아니다. 저놈은 경찰이 잡을 도둑이 아니다."

"그러면요?"

아버지는 텔레비전 옆 진열대 맨 위에 얹힌 칼 하나를 집어 들고는 도둑을 쫓았다. 나도 아버지를 따라 나갔다. 전시장에 들어서면서 바로 불을 켰다. 가지런하던 전시장은 엉망이 되어 있었다. 도둑이 멈칫하며 구석으로 물러섰다. 얼굴을 가리고 있었지만 의외로 어린 티가 났다.

"저 소리가 들리지 않소?"

도둑이 소리쳤다.

"……."

전시장 바닥을 흔들며 작은 울림이 전해 오기 시작했다. 아버지는 대답하지 않았다.

"바로 칼이 울고 있는 것이오!"

도둑은 부들부들 떨면서 이상한 말을 하였다. 아버지와 마주

서 있었지만 싸울 생각은 없는 듯했다.

아버지가 여유롭게 웃음을 띠며 칼을 겨누었다.

"그렇게 들리느냐? 나는 네놈의 도둑질을 꾸짖는 소리로 들리는구나."

"아직도 깨닫지 못했소?"

아버지는 천천히 도둑에게 다가갔다.

도둑도 칼 앞에서는 어쩔 수 없었는지 뒷문을 통해 어둠 속으로 도망쳤다.

이튿날, 이웃 사람들의 신고를 받은 경찰이 찾아왔다.

"소장님! 도난 물품이 뭡니까?"

아버지는 경찰을 쳐다보지도 않고 손을 내저었다.

"없어, 없어."

"연구소 전시 물품 중에는 역사적으로 귀중한 게 많다고 들었습니다만, 잃어버린 게 없다고요?"

"없어. 젊은 애들이 장난치고 갔나 봐."

수첩을 들고 적으려던 경찰이 전시장을 살피며 고개를 갸웃거렸다.

"이렇게 난장판이 되었는데 물건은 그대로다 이 말씀이세요?"

"그래. 내가 다 알아. 잃어버린 게 없어. 그만 돌아가."

아버지는 가라는 손짓을 하고는 창고로 들어갔다.

100년이 훨씬 넘은 창고는 자연 동굴을 이용하여 문과 추녀를 달아 낸 재미있는 모양이었다. 그곳에는 연장 자루로 쓸 나무가 빼곡히 쌓여 있었다.

"소장님! 우리가 대충이라도 정리해 드릴까요?"

경찰은 그냥 돌아가기가 민망했는지 미적거리고 있었다.

"돌아가서 일 보라니까."

아버지는 아주 귀찮다는 투로 대답했다.

경찰은 멋쩍은 얼굴로 돌아갔다.

나는 경찰관을 보내고 대문을 걸었다.

다시 어둑한 창고로 가서 아버지를 찾아보았다. 나무를 쌓아 놓은 앞만 보이고 뒤쪽은 아무것도 보이지 않았다. 빛이 거의 들어오지 않아서 몹시 어두웠다. 아버지도 보이지 않았다.

"아빠! 전시장 정리할까요?"

어둠에다 대고 큰 소리로 말했다.

"그냥 버려둬."

아버지 대답이 깊은 바닥에서 서늘한 기운과 함께 올라왔다. 갑자기 온몸에 소름이 돋았다. 잠깐 사이를 두고 아버지 목소리가 또 들렸다. 그런데 이번에는 무언가에 쫓기는 듯 비명에 가까웠다.

"재훈아! 방에 가서 빨리 칼 갖고 와. 빨리."

나는 방으로 가서 텔레비전 옆에 진열된 칼을 하나 집어 들고 창고로 달려갔다. 무거운 문짝이 크게 삐걱대며 저절로 닫혔다. 창고 안은 다시 캄캄해졌다. 호주머니를 더듬어 휴대전화를 꺼내어 플래시 버튼을 터치했다. 쌓아 놓은 나무 옆으로 작은 길이 나타났다.

"발밑을 잘 보고 빨리, 빨리 내려와."

"뭔 일이에요?"

말소리를 붙잡고 조금 더 들어가자 동굴로 연결된 부분이 나타났다. 두어 번 들어와 보았지만 기분이 서늘하고 찜찜했다. 그래서 이곳으로 잘 들어오지 않았다. 마음보다 먼저 몸이 낯설게 느껴지는 통로를 열어 가고 있었다. 습한 기운이 싸하게 몸을 감쌌다. 놀란 갯강구 무리가 발소리를 피해 바위틈으로 달아났다. 파도 소리가 들려왔다. 물이 들어온 모양이었다.

'잠깐!'

수직굴 입구였다. 머뭇거리며 사방으로 플래시 불빛을 비추며 바다 계단을 찾는데 갑자기 몸이 공중에 붕 떠오르는 느낌이 들더니 이내 아래로 떨어졌다. 정신을 차릴 수가 없었다. 마음이 급하여 수직 동굴 입구를 제대로 살피지 못한 탓이었다. 막 숨이 멎을 것 같은 순간 물 위로 떨어진 것을 알았다. 있는 힘을 다하여 고개를 쳐들며 물 밖으로 올라왔다.

"그러게 내가 발밑을 잘 보고 내려오라고 했잖아. 칼부터 이리 내."

아버지는 손전등을 들고 앞을 경계하고 있었다.

"계단을 잘 딛고 내려와야지. 처음 내려오는 것도 아니면서."

"아빠가 워낙 다급하게 불러대는 바람에……."

"그놈이 여기로 숨어든 것 같아."

간밤에 들어왔던 도둑이 근처에 있다고 했다. 숨이 가빠서 더 물어볼 수도 없었다. 허우적대며 아버지 곁으로 다가갔다. 헤엄쳐 나오기를 기다리고 있던 아버지가 더 가까이 오라고 손짓했다. 다가가자 손전등으로 먼 곳을 비추었다. 물이 출렁이고 있었다. 방금 헤엄쳐 나온 바다였다.

"잘 봐."

"이 물을 따라가면 어디가 나와요?"

"촛대바위 옆이지. 우리는 수직 동굴 안에 들어와 있는 거야. 100년도 훨씬 더 된 그때 그 바다야."

'그때 그 바다?'

도무지 무슨 말인지 알 수 없어서 나는 아버지 얼굴을 올려다보았다.

아버지는 다시 암벽 사이사이를 손전등으로 천천히 비추었다. 마지막으로 암벽 아래를 비추었다. 뼈들을 서로 엮어서 만든 커다란 원통형 고리가 물에 잠겨 있었다. 두세 사람은 충분히 들어갈 수 있는 크기였다. 징그러웠다. 그래서 애써 관심을 두지 않으려고 늘 외면했다.

"칼이 또 사라졌어."

"저기 있던 칼이 사라졌다고요? 그 도둑이 훔쳐간 거예요?"

갑자기 온몸이 오싹해졌다.

"아니야. 스스로 사라졌어. 빨리 되돌아와야 할 텐데. 그게 있어야 우리 가문이 빛날 수 있는 거야."

지금까지 아버지는 그 칼에 대하여 자세한 이야기를 들려주지 않았다. 칼을 본 적은 있었지만 그냥 칼이겠거니 하고 지나쳤다. 그런데 아버지의 말투로 보아서는 그 칼에 무슨 사연이 있는게 분명했다.

"칼이 스스로 사라졌다고요? 도대체 어떤 칼이기에……."

"동남제도 수호검!"

아버지는 또 이상한 말을 하였다.

"동남제도…… 뭐라고요? 좀 자세히 말씀해 주세요."

"동남제도를 지켜 온 칼이야. 동남제도의 평화를 깨뜨리려는 못난 놈들이 그 칼을 탐내고 있어. 100년도 훨씬 더 된 그때부터."

나는 더 묻지 못하였다. 우리 창고에 100년 전부터 칼이 있었고, 도둑이 들락거렸다는 말이었다. 그렇다면 간밤의 그 도둑은

100년 전 그 도둑이란 말인가.

무서우면서도 한쪽으로 슬그머니 호기심이 일었다.

내 키와 맞먹는 징그러운 고리를 다시 보았다. 난간에 배를 걸치고는 안을 들여다보았다.

'여기 있던 칼이 사라졌다고?'

고리 속에도 바닷물이 출렁이었다. 손을 넣어 둥글게 물을 저어 보았다. 작은 소용돌이를 따라 생각이 천천히 100년 전으로 거슬러 올라가고 있었다.

'그때는 조선이었겠지. 도대체 칼을 훔치려는 이유가 뭘까?'

고리도 왼쪽으로 회전을 시작하였다. 속도가 점점 빨라지면서 속도를 따라잡지 못한 나는 균형을 잃고 버둥거리다가 그대로 고리 안으로 빨려 들어가고 말았다. 얼마나 빠른지 내 머리카락이, 볼이, 살갗이 찢겨 나가는 것만 같았다. 어느 순간부터 내 몸은 산산이 흩어지고 있었다. 내가 내 몸을 완전히 벗어 버린 느낌이 드는 순간 까무룩 정신을 잃었다.

얼마나 흘렀을까 정신이 돌아오면서 나는 깃털처럼 가벼워져 있었다. 레벨미터 곁에 붙은 회전 계기판에 '1900'이라는 숫자가 언뜻 지나갔다. 그러자 서서히 속도가 떨어지면서 숫자가 선명하게 읽혔다. 1890, 1889, 1988, 1987, 1886, 1885, 1884,

1883이 보이면서 '덜컥 덜컥' 회전을 멈추었다. 내 몸은 관성과 동떨어져서 회전체 위에 떠 있었다. 빛이라고는 없었다. 아무것도 보이지 않았다. 그러나 날씨는 선선하고 공기는 맑게 느껴졌다.

어둠이 조금씩 걷혔다. 초가집들이 듬성듬성 앉아 있었다. 너무나 놀랍고 믿고 싶지 않았지만 분명히 다른 세상이 펼쳐져 있었다. 어리둥절한 채로 두리번거리는데 저만큼 허름한 옷을 입은 한 사람이 서성거리고 있었다.

나는 팔락거리며 그에게 다가갔다. 그는 조급한 얼굴로 집 안에다 대고 재촉했다.

"이보게, 상삼 아우! 그냥 나오라고."

"상삼?"

호기심이 발동한 나는 그 사람을 버리고 안으로 들어갔다. 깜짝 놀랐다. 큰 바윗덩이가 방을 가득 채우고 있었다. 상삼이라는 사람이었다. 상삼은 쭈그리고 앉아서 잠든 아이를 들여다보고 있었다. 나는 그의 어깨 위에 살포시 내려앉으면서 그를 따라가 보기로 했다.

"재환 형님! 조금만 기다려 주소, 시용이와 이별은 해야지요. 시용아! 네 아버지가 관헌을 만나러 가자는구나. 너를 다시 볼 수 있을는지 겁이 난다. 잘 있어라. 그간 고마웠다."

거짓 이름

"서두르게. 그렇게 꾸물대다가 날이 밝겠어."

밖에서 재환이 상삼을 조급하게 불러 댔다.

관아까지는 잰걸음으로 간다고 하여도 어두워서야 닿을 수 있다며 구시렁댔다. 그런데도 상삼은 시용이 잠든 방에서 나갈 생각을 하지 않고 있었다.

바윗덩이처럼 웅크리고 앉은 상삼은 잘 다듬어진 팽이 두 개를 아이 머리맡에 가지런히 놓았다. 팽이는 참 예뻤다. 아이의 자는 모습은 참 평화로웠다. 상삼은 아들 찬이를 생각하고 있었다.

'잠이나 편안히 들어 보았을까?'

나졸들이 들이닥칠까 봐 안절부절못했을 아내와 찬이 얼굴이 떠올랐다. 가슴이 저려 왔다. 숨어 지내는 사이에 상삼은 아내와 아들을 잃었다. 나졸들과 현감이 상삼을 찾으려고 아내와 아들을 인질로 잡아갔다. 모진 매질을 견디다 못해 그들은 끝내 목숨을 잃고 말았다.

상삼은 가슴을 지그시 누르며 무릎을 꿇었다.

'미안하다, 미안해.'

"어허 참, 죽으러 가는 것도 아닌데 인사가 왜 그렇게 길어?"

재환의 잔소리가 또 들려왔다.

상삼은 슬픔을 추스르고 밖으로 나갔다. 돌아오지 못할 수도 있다는 생각을 하고 있었다.

"서울서 온 관헌이 보자고 한 이유가 뭐요? 나를 잡으려고 덫을 놓은 건 아니죠?"

아내와 아들을 잃고도 잡힐 것을 염려하는 자신이 한심하게 느껴졌다. 하늘 보기 민망하여 슬그머니 고개를 숙였다.

새벽녘이라서 지나다니는 사람도 없었다. 그러나 불안한 마음에 자꾸만 좌우를 살폈다.

"어허, 참말이라니까. 우리 식구들 이름을 나란히 적었더니 대뜸 자네를 꼭 집어 묻더라고…… 좀 이상했던가 봐. 하긴 다른 집과는 좀 다르기도 했겠지."

"이상한 건 뭐고, 다른 건 또 뭐요?"

상삼은 얼른 되물었다. 큰 덩치였지만 눈치 하나는 빨랐다. 10

년 넘게 숨어 지내는 사이에 얻은 거라고는 눈치뿐이었다.

"우리 집에는 딸린 식구가 있잖아."

"누구냐고 물었겠구면요?"

상삼은 관아에 적어 냈을 가족 관계를 떠올려 보았다. 재환이네 네 식구에 군식구 상삼이 있었다. 군식구를 보고 안 물어보았다면 그게 더 이상한 일이었다.

"그래서 의형제라고 했다. 덩치가 산처럼 크고, 힘이 세다고 했더니……."

"그게 보자는 이유요?"

더 따져 묻지는 않았지만 온갖 생각이 다 들었다. 왜 서울서 온 '동남제도개척사'라는 벼슬아치가 보자고 했을까. 솔직히 상삼은 벼슬아치라고 하면 치가 떨렸다. 바로 그런 벼슬아치들이 아내와 아들의 목숨을 앗아갔다. 그렇지만 재환의 권유를 끝내 뿌리칠 수가 없었다.

조선 태종 때부터 왜구들의 등쌀에서 백성들을 안전하게 지키기 위하여 울릉도 백성들을 육지로 불러들였다. 그러고는 수토사라는 관리들을 정기적으로 파견하여 울릉도와 독도를 관리해 왔다. 그런데도 불법으로 들어오는 일본 사람들 수가 점점 불어나면서 산림을 마구 훔쳐가기 시작했다. 그래서 조정에서는 쇄환정책을 바꾸어 울릉도 개척령을 내리게 되었다. 김옥균을 '동남제도개척사'로 임명하여 백성들의 울릉도 이주를 돕게 하였다. 그러나 이미 울릉도에는 조선 사람과 일본 사람들이 몰래 들어가서 살고 있었다. 일본 사람들은 교묘한 방법으로 도벌을 하고 물고기를 잡아 갔다. 더구나 이들은 조선 사람 몇몇을 자기들 편으로 끌어들여서 앞잡이로 삼았다. 그 앞잡이들이 나서서 섬 백성들을 착취하고 괴롭혔다. 개척사의 임무는 무엇보다 일본 세력과 그 앞잡이들을 몰아내는 일이었다.

"그간 형님의 걱정거리로 살아왔구먼요."

상삼은 길게 한숨을 내쉬었다. 친형제도 챙겨 주기가 쉽지 않은데 재환은 10년 넘게 상삼을 가족처럼 돌보아 주었다.

재환은 못 들은 척하며 말머리를 돌렸다.

"자네 이름을 완전히 바꿔 버리면 어떨까?"

느닷없이 이름을 바꾸라니 상삼은 우뚝 걸음을 멈추었다. 재환은 아랑곳하지 않고 앞만 보며 걸었다.

"뭔 소리요?"

"자네, 그 가짜 이름을 이제부터 진짜로 하자 이 말이야."

"말이 안 나오네. 그 이유가 뭐요?"

"개척사에게 서류를 낼 때 내가 그렇게 적어 버렸네. 이번 기회에 아예 다른 사람이 되어 당당하게 세상 한번 살아 보자고.”

'상삼'이라는 이름은 가짜였다. 숨어 지내는 동안 이름을 바꾸어 불렀다. 그런데 이제부터 아예 그 이름으로 다른 사람처럼 살자는 말이었다.

상삼은 더 따지지 않고 입을 다물어 버렸다.

꼭 10년 전 일이었다. '영해 이필제의 난'. 상삼은 평등 세상이 된다는 말을 곧이곧대로 믿었다. 그래도 처음에는 무서워서 엉거주춤 한 발만 담그고 있었다. 상삼은 무기를 들고 나선 사람들처럼 용기가 있거나 싸움을 잘하는 것도 아니었다. 농사꾼들에게 농기구를 만들어 주는 대장장이일 뿐이었다.

“나는 연장 만드는 사람이지 싸우는 사람은 못 되지요.”

그러나 이필제가 거듭 찾아와서 싸우지는 말고 무기만 만들어 주면 된다는 말에 그를 따라나섰다. 영해 고을로 쳐들어갔을 때는 정말 세상이 뒤집어지는 줄 알았다. 모여드는 사람도 하루가 다르게 불어났다. 영해와 그 인근 고을 백성들이 다 들고일어난 것 같았다. 그러나 그 희망은 얼마 가지 못하고 짚불처럼 사그라들고 말았다. 목숨을 같이하자고 다짐했던 동지의 밀고는 수많은 백성을 죽음으로 몰아넣었다. 어쩌면 그때 이미 '배영준'이라는 이름은 사라지고 말았다.

'배상삼!'

상삼은 배영준 대신 거짓 이름을 가만히 되뇌어 보았다.

'가족을 몽땅 잃고도 다른 사람으로 새롭게 살겠다고?'

헛웃음이 나왔다.

"다른 소리 말고 상삼으로 사는 거야. 아무도 모르는 섬에서."

재환은 상삼의 결심을 재촉했다.

"알았소."

강릉에 닿았을 때는 이미 날이 어두워진 뒤였다.

주막에 자리를 잡았다. 눈에 띄는 사람은 다 낯선 사람이었다. 그들은 상삼을 이상한 눈으로 보지 않았다. 낯선 곳, 낯선 사람들 눈길이 너무나 편했다.

이튿날 아침 일찍 관아로 갔다. 미리 약속을 잡았던 종사관을 찾아갔다.

"이 사람인가? 으흠, 덩치가……."

종사관은 상삼을 훑어보며 생각보다 훨씬 크다는 표정을 지었다.

"힘도 장삽니다."

재환이 넌지시 한마디 보탰다.

"곰이 따로 없네. 그래, 힘 말고 다른 재주는 없는가?"

상삼은 대장장이였다는 말은 차마 꺼낼 수가 없었다. 잘못하다가는 정체가 탄로 날 수도 있기 때문이었다. 눈치 빠른 재환이 얼른 둘러댔다.

"저어, 손재주가 조금 있습니다만. 팽이나 뭐, 그런 노리개를 잘 다듬지요."

아이들에게 노리개를 자주 다듬어 주던 일이 떠올라서 슬쩍 얼버무렸다. 우람한 덩치와 팽이가 어울리지 않다고 생각한 종사관이 풀썩 웃었다.

"우리는 풀무장이 하나가 필요한데……."

종사관은 종이에다 뭔가를 긁적이면서 중얼거렸다.

"저어, 그런 일도 맡겨 주시면 못 할 것도 없지요."

"그래? 그것 참 잘되었군."

재환의 말소리가 낮고 빨랐지만 종사관은 그냥 지나치지 않았다.

"큰 덩치와 손재주라……."

재환이 또 토를 달려는데 종사관이 벌떡 일어섰다.

"자, 따라오게."

종사관은 재환과 상삼을 데리고 옆방으로 갔다. 그 방에는 개척사가 몇몇 사람과 이야기를 나누고 있었다. 종사관이 다가가서 서류를 개척사 앞에 놓고 작은 소리로 뭐라고 했다. 개척사가 고개를 들어 재환과 상삼을 보더니 손짓으로 가까이 불렀다. 상삼은 낯선 사람들과 눈을 마주치지 않으려고 고개를 돌렸다. 숨어 지내는 사이에 생긴 버릇이었다. 미리 와 있던 사람들이 옆문으로 물러났다.

"덩치가 보통이 아니군."

개척사가 앞에 펼쳐진 서류를 뒤적이며 재미있다는 듯이 소리 내어 웃었다.

그 웃음에 나가려던 사람들이 멈칫하며 돌아보았다.

"이름이 배상삼이라…… 내가 자네들을 보자고 한 것은 울릉도에 들어가서 특별히 맡아 줄 일이 있기 때문이야."

"특별한 일이라니요?"

재환의 눈이 뚱그레졌다.

"그렇다네. 잘 듣게."

개척사는 상삼을 멀찍이 세워 둔 채 재환을 좀 더 가까이 불렀다.

"울릉도로 가려는 사람들 중에 글을 읽고 쓸 줄 아는 사람이 많지 않네. 울릉도 형편을 잘 살펴서 내게 알려 줄 사람이 필요하다는 말일세. 자네가 그 일을 맡아야겠어. 또 저 사람은 내가 곁에 두고 쓸 것이네. 나도 그렇지만 종사관은 왜놈들과 부딪힐 일이 많을 것이야. 그들과의 다툼에는 힘이 필요하지. 그러자면 저 사람이 필요할 거야. 어떤가?"

상삼을 돌아보았다. 상삼은 얼른 허리를 굽혔다. 달리 할 말이 없었다.

재환은 재환대로 개척사가 한 말들을 곰곰이 따져 보았다. 도와 달라는 말인데 별로 어렵지는 않았다. 개척사를 도우며 부지런히 일하면 설움도 덜 받고 가족을 굶기지는 않을 거라는 생각이 들었다. 벼슬아치들에게 설움을 받지 않고 살 수 있는 울릉도에 꼭 들어가고 싶었다. 그래서 고개를 크게 끄덕였다.

"예에. 그런 일이라면⋯⋯."

개척사가 말을 이었다.

"저 사람은 원래 저렇게 말이 없는가?"

"예, 입이 무겁기로 말하자면 천 근이지요."

"이보시게!"

개척사는 상삼을 불렀다. 딴전을 피우는 것 같았지만 상삼은 두 사람이 나누는 이야기를 다 듣고 있었다.

"예!"

눈을 뚱그렇게 뜨고는 한 걸음 다가섰다.

"이리 좀 더 가까이 와 보게."

개척사는 미적거리는 상삼에게 싱긋이 웃어 주었다. 재환이 두어 걸음 물러난 자리로 상삼이 들어섰다. 두 사람이 서도 될 만한 자리였건만 상삼이 들어서자 꽉 찼다.

상삼은 개척사와 눈을 마주쳤다가 이내 눈을 내렸다. 사람과 눈 마주치는 일이 두려웠다.

"손을 내 보게."

"제 소, 손을요?"

상삼이 더듬거리며 몸을 움츠렸다. 퍼뜩 포승줄에 두 손이 꽁꽁 묶인 채 끌려가던 친구들 모습이 떠올랐다.

10년 전, 도망치던 상삼은 잽싸게 재환이 장바닥에 쌓아 놓은 솔가지 밑에 숨었다. 그날 장은 봉기군과 군졸, 장꾼들이 뒤엉켜서 그야말로 난장판이 되었다. 관군의 눈을 피해 장꾼들 틈으로 숨어들었던 상삼은 재환 덕분에 살아날 수 있었다. 날이 어두워지기를 기다린 상삼은 그날부터 재환의 집에서 숨을 죽인 채 살아왔다.

개척사는 두껍고 묵직한 상삼의 손바닥과 손등을 만져 보았다.

"우리 땅과 백성을 이 손으로 지켜 줘야 할 텐데. 자신 있는가?"

"무, 무슨 말씀이신지요?"

개척사의 말뜻이 아리송하기만 했다.

"자네의 넘치는 힘, 이 힘을 백성 위해 쓰라는 말일세."

영해 난 때 친구들과 함께 나누던 말이었다. '백성을 위해',

'평등 세상을 위해'. 상삼은 속내를 들킨 것만 같았다. 대답도 못 하고 개척사의 얼굴을 빤히 바라보았다.

"이분이 바로 울릉도에서 자네들이 모셔야 할 김옥균 나리일세."

옆에 서 있던 종사관이 거들고 나섰다.

상삼도 소문을 듣고 있었다. 나라를 새롭게 만들겠다고 나선 몇 되지 않는 젊은 벼슬아치들 중 한 사람이었다. 그러나 상삼은 벼슬아치들을 좋아하지도, 믿지도 않았다. 그들은 늘 백성들 편이 아니었기 때문이었다.

"나리, 저는 관헌들을 위해서는 일하지 않소."

저도 모르게 불쑥 튀어나온 말이었다. 재환이 깜짝 놀라서 상삼의 옆구리를 쥐어박았다.

"나리, 이놈이 뭘 몰라서 한 말입니다. 용서하십시오."

그러나 개척사는 크게 놀라지 않았다.

"그럼 자네는 누구를 위하여 일하고 싶은가?"

"배, 백성, 백성을 위해서요."

상삼은 개척사에게 잡혀 있던 손을 거두어들였다.

"내가 방금 그렇게 말하지 않았던가?"

상삼은 머쓱해져서 얼굴빛이 불그레해졌다.

재환은 산처럼 버티고 있는 상삼을 밀어내고 개척사에게 허리를 굽혔다.

"개척사 나리! 이놈이 나리 말뜻을 잘못 알았나 봅니다. 제가 데리고 차근차근 가르치겠습니다. 저희에게 말씀하신 개척사 님의 분부를 잘 받들겠습니다."

개척사는 오히려 껄껄껄 웃으며 상삼의 손을 다시 움켜잡았다.

"바윗덩이 같은 그 마음을 내게 주게나. 그 마음도 섬으로 꼭 가져가야 하느니라. 알겠느냐?"

상삼은 무슨 대답을 해야 할지 몰라서 허리만 굽실거렸다.

탈출

"개척사 나리!"

그때 문이 벌컥 열리면서 군관이 칼을 빼 들고 들어섰다.

"무슨 일인가?"

개척사의 말이 채 떨어지기도 전에 군졸들이 우르르 밀고 들어와서는 상삼과 재환을 둘러쌌다.

"무슨 일이오?"

종사관이 군관을 향해 소리쳤다.

"대감!"

군졸들 뒤에서 강릉 부사가 들어섰다.

"이보시오, 사또! 이 무슨 일이오? 나는 조정의 명으로 이곳까지 내려온 사람이오."

개척사가 강릉 부사를 꾸짖었다.

"예, 미리 말씀을 못 드린 점은 송구스럽습니다만, 워낙 일이 중해서요."

그 사이에 군졸들은 창과 칼을 상삼에게 겨누고는 다음 명령을 기다리고 있었다.

재환의 얼굴이 새파랗게 질렸다. 상삼은 주먹을 가만히 움켜쥐고는 군졸들을 노려보았다. 걱정했던 일이었다. 조마조마하던 마음이 이판사판으로 바뀌었다.

"중하다는 일이 도대체 뭐요?"

"예, 저자가 바로 영해 난에서 도망친 폭도입니다."

"영해 난이라면 이필제 일당이 일으킨 그 폭동 말이오?"

"바로 그렇습니다. 그 일당 중에서 도망친 자입니다."

상삼을 가만히 살피던 개척사가 고개를 갸웃거렸다.

"그 난은 10년 전 일이건만 아직 잔당을 다 소탕하지 못했단 말이오?"

재환은 개척사가 도움이라도 주었으면 하는 마음에 간절한 눈으로 그쪽을 바라보았다. 그러나 개척사는 고개를 끄덕끄덕하면서 딴전을 피웠다. 관군과 맞서서 난을 일으키고 영해 고을을 무너뜨리고 한양으로 진격하려던 그 사건을 개척사도 잘 알고 있는 눈치였다. 개척사가 별다른 반대를 하지 않자 부사는 군졸들에게 명령을 내렸다.

"저 두 놈을 묶어서 옥에 가두어라."

먼저 재환이 오랏줄에 꽁꽁 묶였다. 싸울 태세를 취했던 상삼
도 재환이 묶이는 것을 보고는 손을 내렸다.

오라에 묶인 채 밖으로 나온 상삼은 하늘을 올려다보았다. 이
렇게 묶여서 끌려갔을 아내와 아들 얼굴이 떠올랐다. 그들 곁으
로 갈 수 있겠다는 생각에 오히려 마음이 편해졌다.

군졸들은 두 사람을 옥에다 내던지듯 밀어 넣었다.

간신히 정신을 차린 재환이 겁에 질린 낯빛으로 상삼을 건너
다보았다. 상삼은 눈을 지그시 감은 채 느긋하게 앉아 있었다.

"어쩌지? 자네 말을 들을걸. 내가 생각이 짧았는가 봐."

"울릉도 대신 한양으로 가게 되었소."

상삼은 주변을 두리번거리며 사람들을 피하던 모습과는 영
딴판이었다.

"내가 괜히 울릉도 바람이 들어서 말이야."

재환은 울릉도 이주 계획을 후회하고 있었다.

"걱정하지 마소. 나야 죽을 죄를 지었다지만 형님이야 별일
있겠소. 나를 숨겨 준 일이 죄라면 죌 테니 그런 놈인 줄 몰랐
다고 하소. 나도 그렇게 말할 테니."

상삼은 더 이상 살고 싶은 생각이 없었다.

강릉 부사가 바로 들이닥쳤다. 갓을 쓴 사람 하나가 그 뒤를 따라왔다.

"저자가 맞느냐?"

갓 쓴 사람은 상삼을 보더니 슬쩍 얼굴을 돌렸다. 상삼도 알 만한 얼굴이었다. 밀고자, 영해 난에 함께 참여했던 사람이었다. 한때는 뜻을 같이하기도 하였다. 그러나 그가 배신하는 바람에 많은 사람들이 목숨을 잃게 되었다.

"이름은 바꾸었지만 얼굴과 덩치는 어찌할 수가 없지요. 배영준이 틀림없습니다."

"네놈이 바로 사라졌다는 배영준이렷다. 내일 바로 압송할 것이야."

확인을 마친 그들은 돌아가고 옥졸들이 한차례 들어왔다가는 나갔다.

"형님은 어떻게 하든지 집으로 돌아가야지요. 시용이 얼굴이 자꾸만 떠올라서 내가 못 견디겠소."

상삼의 말에 재환이 울음을 삼켰다. 집에 두고 온 가족들 걱정으로 숨을 쉴 수가 없을 만큼 괴로웠다.

해가 지고 날이 어두워졌다. 숨이 막힐 듯이 고요하고 답답했다. 늘어져 누운 재환은 식은땀으로 옷이 흠뻑 젖어 있었다. 상삼은 어떻게 하든지 재환만큼은 살려야 한다는 생각뿐이었다.

그러나 할 수 있는 방법이 없었다. 캄캄한 옥 천장을 쳐다보며 멀거니 앉아 있었다.

밤은 점점 깊어 가고 있었다. 옥졸이 들어왔다가는 길게 하품을 하며 돌아갔다.

옥졸이 돌아가고 나서 또 한참이 지났다. 밤이 깊어 갔지만 정신은 더욱 초롱초롱해졌다.

"아니, 누, 누구요!"

기진맥진해 있던 재환이 화들짝 일어났다. 상삼도 그들이 다가오는 것을 이미 알고 있었다. 조심조심 다가왔기 때문에 숨을 죽이며 지켜보고 있었다. 몰래 다가오는 게 처음부터 이상했다.

"그렇게 앉아서 죽기를 기다릴 건가?"

종사관이 옥 창살을 잡으며 은밀하게 말했다. 재환과 상삼은 용수철처럼 일어섰다. 대답할 말은 생각나지 않았다. 그 사이에 같이 온 사람이 옥문을 열고는 손짓으로 가만가만 두 사람을 불러냈다. 두 사람은 눈만 둥그렇게 뜨고 멍하니 서 있었다.

"그렇게 보고만 있을 거야? 빨리 움직여. 옥졸들이 깨기 전에"

종사관이 상삼의 팔을 잡아끌었다.

멈칫거릴 틈이 없다는 생각이 상삼의 머리를 쳤다.

종사관이 다시 나지막하게 외쳤다.

"빨리, 빨리."

재환이 재빠르게 움직였다. 그 뒤를 상삼이 잽싸게 따라붙었다. 청사 담을 훌쩍 뛰어넘자 달이 구름 속으로 슬쩍 숨어들었다.

종사관이 나무 밑으로 두 사람을 데리고 가서 엎드렸다.

"이 길로 곧장 평해 망양으로 가시게. 포구에 배가 기다리고 있을 거야. 고갯길보다는 바닷길이 안전할 걸세. 개척사 님 말씀인데 명심하게. 자네들은 평해 구산나루에서 먼저 출발하게. 날짜를 기다리지 말고 내일이라도 당장. 울릉도에 도착하면 송곳봉 근처에 자리를 잡게. 그곳에서 우릴 기다려. 잡히지 않으려면 빨리 육지에서 벗어나야 한다는 말 명심하게. 빨리 가. 앗 참, 배에다 풀무질에 쓰일 연장을 좀 실어 놨으니 더 필요한 게 있으면 알아서 구하시게나."

도망치던 상삼이 멈칫하며 물었다.

"왜 우릴 탈출시켜 주지요?"

"나중에, 나중에. 서두르게."

청사 안이 소란스러워지기 시작했다. 횃불이 밝혀지고, 어지러운 발소리가 들려왔다. 재환과 상삼은 앞만 보고 마구 달렸다.

어느덧 바다가 보이고 개척사가 마련해 둔 배 한 척이 매어져 있었다. 배에 올라 돛을 올리자 배는 해안을 따라 남쪽으로 달려갔다. 이내 포구는 어둠에 묻혀 버렸다. 두 사람은 그제야 뱃전에 기대서 숨을 몰아쉬었다. 설핏 숨었던 달이 환하게 얼굴을 드러냈다. 아무리 생각해도 몰래 옥문을 열어 준 이유를 알 수가 없었다.

망망한 바다

　바쁘게 이삿짐을 싣다 보니 빠뜨린 게 너무나 많았다. 허둥대느라 꺼내 놓고도 놓친 물건이 한두 가지가 아니었다. 대장간에 쓸 연모만이라도 제대로 챙긴 게 그나마 다행이었다. 마을 사람들에게 들키지 않고 배를 띄우느라 얼마나 조바심을 쳤는지 가슴이 다 뻐근할 정도였다.

　날이 희붐하게 밝아 왔다. 수평선에 걸려 있던 산봉우리도 사라졌다. 재환은 그제야 길게 한숨을 내쉬었다.

　"사람만 빠뜨리지 않았으면 된 거야."

　재환은 그렇게 혼자 중얼거리며 가슴을 쓸어내렸다. 글을 깨우친 뒤에 아전 벼슬이라도 얻어 보려고 했지만 헛꿈이 되고 말았다. 부패한 세상에 뇌물 없이 되는 게 없었다. 뿐만 아니라 양

반들 등쌀에 산밭 하나 일구기도 어려웠다. 그래서 양반과 천한 사람 구분이 없는 섬으로 들어가서 마음 편히 살고 싶었다. 나라에서는 울릉도로 이주하는 사람에게는 5년간 세금을 면제해 준다고 했다. 세곡을 실어 나르는 배를 울릉도에서 만들도록 하겠다는 약속도 해 주었다. 그렇게만 되면 식구들을 굶기지는 않을 것 같았다. 생각만으로도 배가 불러 왔다.

"뭔 생각을 그리 하고 있소?"

"저승 문 앞까지 갔다 온 사람이 무슨 생각이 있겠는가."

"허허허, 맞소. 그나저나 우린 오래 살 거요. 염라대왕이 돌려보낸 사람들이잖소."

상삼이 그제야 넉살 좋게 웃었다.

뭍을 떠나면서 상삼도 변해 있었다. 늘 불안하고 초조하던 그런 모습이 아니었다. 지난 10년 숨어 살면서 주변 사람들 눈치나 살피던 모습은 어느새 사라지고 없었다.

"자네 얼굴이 참 보기 좋네."

재환의 말에 상삼은 설핏 웃고는 뱃머리로 자리를 옮겼다. 뱃머리에 있던 시용이가 울상이었다.

"멀미 나?"

입을 실룩이며 가슴을 움켜쥐었다.

"자, 내게 기대고 누워."

상삼은 시용이를 안고는 뱃전에 비스듬히 누웠다. 그러고는 넓적한 손바닥으로 등을 스윽 스윽 문질러 주었다. 몇 차례 구역을 하고 난 시용이는 그대로 늘어져 잠이 들었다. 상삼은 시용이를 평평한 곳에다 옮겨 눕혔다.

"푹 자거라."

아이의 이마를 만졌다. 시용이가 가늘게 눈을 뜨더니 상삼을 보고는 희미하게 웃었다.

"많이 어지러워?"

"이제 괜찮아요."

"그래, 조금만 더 참고 견뎌라. 좋은 세상으로 가고 있단다."

망망한 바다에서 해가 뜨고, 또 그 바다로 해가 지고 있었다.

밤이 되자 바닷바람이 차가웠다. 곁에 있던 옷가지를 끌어당겨서 시용이를 감싸 주었다.

수평선에서 다시 해가 솟아오르고 있었다. 상삼은 뱃머리에 서서 해를 바라보았다. 섬에 닿을 때까지 아이를 위해서라도 바다가 가만히 참아 주기를 간절히 빌었다. 소망처럼 바다는 호수처럼 잔잔했다. 사방을 둘러보았다. 일렁이는 바닷물뿐이었다. 그야말로 망망한 바다 가운데 나뭇잎처럼 찰방찰방 떠 있는 꼴이었다. 그것이 오히려 상삼을 안심시켜 주었다.

"아무리 생각해도 알 수 없는 일이야."

"뭐라고요?"

재환이 하는 말을 미처 알아듣지 못한 상삼이 한 손을 귓바퀴에 갖다 대었다.

"그 개척사 말일세. 왜 우릴 꺼내 주었을까?"

"나도 그게 참 궁금하구먼요."

참으로 이해할 수 없는 일이었다.

"벼슬아치들은 모두 한통속일 텐데……."

"무슨 꿍꿍이가 있는 게 분명한 것 같소."

그 사이에도 배는 끄덕끄덕 너울을 타면서 앞으로, 앞으로 나아갔다.

"그분에 대해 소문 들었는가?"

"소문이야 형님이 들려준 것만 알지 내가 달리 아는 건 없소. 숨어 있는 사람이 뭔 소문을 듣겠소."

상삼이 방향키를 잡고 있는 재환 곁으로 옮겨갔다.

"월송포에 갔다가 들은 이야기인데 스물두 살에 장원 급제 했대. 나라를 나라답게 만들려고 애쓰는 분들 중 한 분이라더군. 이번에 내려올 때 받은 벼슬이 '동남제도개척사 겸 관포경사'라더라."

"달포 전에 이야기했잖소. 그런데 무슨 놈의 벼슬 이름이 그래요?"

상삼의 말투에 빈정거림이 섞여 있었다. 그것이 못마땅했는지 제법 높은 파도 하나가 뱃전을 치며 지나갔다. 배가 한참 동안 일렁거렸다. 키를 움켜쥐느라 이야기가 잠깐 끊어졌다.

"동남제도개척사는 우리나라 동남에 있는 여러 섬, 그러니까 울릉도, 죽도, 독도를 이르는데 그 섬들을 개척하여 백성들이 살도록 하는 벼슬이래."

"그 뒤에 붙은 건 또 뭐요?"

"응, 그건 말이야 바다에 흔하게 다니는 고래 잡는 일을 관리하라는 임무도 준 거지. 그러니까 동남제도 주변 바다까지 관리하라는 말인가 봐."

재환이 고개를 갸웃거리며 자신의 생각을 덧붙여 가며 설명해 주었다. 상삼은 그런 복잡한 설명이 귀에 들어오지 않았다.

"우리야 뭐, 맡겨 주는 일만 하면 되겠지요, 뭐."

상삼은 고개를 돌려 멀거니 수평선을 바라보았다.

"하긴 그렇구면. 나야 농사꾼이지만 자네는 대장장이 아닌가. 이제야 자네도 원래 모습을 찾아가겠네."

"대장장이! 참 오랜만에 들어보는구면."

상삼은 풀썩 웃으며 손바닥을 펴 보았다. 쇠메를 놓은 지 벌써 10년이었다. 그렇지만 손이 그 일들을 기억하고 있으리라고 믿었다.

팽팽하게 바람을 받아 안으며 배는 동으로, 동으로 달리고 있었다. 꼬박 이틀째 밤낮을 바다 위에서 보내고 있었다. 그래도 바다는 상삼의 편이 되어 주었다.

셋째 날, 뉘엿뉘엿 해가 질 무렵, 배는 무사히 태하 해안에 닿았다.

배를 바위에다 묶어 놓은 뒤에 재환이 고개를 들어 넘어가는 해를 바라보았다.

"저기 해가 넘어가는 곳이 떠나온 내 고향일까?"

"그럴 거요."

한 팔에는 월용이를 안고, 한쪽으로는 시용이의 팔을 잡은 상삼도 붉은 노을로 덮여 가는 서쪽 하늘을 바라보았다.

"오늘 밤 지낼 짐만 내리고 그냥 둬."

"송곳봉은 알고 있소?"

"알다마다."

상삼이 다시 배에 오르면서 물었다. 재환과 달리 상삼은 울릉도가 처음이었다.

"여기서 또 배를 타야 해요?"

"해안을 따라 한나절이면 도착이야."

"시용아! 밥을 하려면 물이 있어야 하는데 한번 찾아봐."

시용이 엄마가 주변을 두리번거렸다. 바다 가득히 물이지만 먹을 수는 없었다. 파도가 찰박찰박 자갈을 쓸며 지나갔다.

상삼은 솥단지 자리를 반듯하게 잡아 놓고는 먹을 물을 찾아 나섰다. 커다란 함지 하나를 지게에 올리고는 사람들이 있을 만한 곳을 찾아갔다. 늦가을 바람이 제법 찼다. 그래도 싫지는 않았다.

'아, 좋다, 참 잘 왔구먼.'

가슴을 짓누르고 있던 불안감이 비워지자 마음이 편안해지면서 저절로 탄성이 터져 나왔다. 골짜기를 따라 흘러온 시냇물이 바위를 돌아 나오며 재잘거렸다. 냇물 곁 커다란 나무 곁에 당집이 보였다. 지게를 받쳐 두고 안으로 들어갔다.

"새 사람이 왔나 보이."

할머니가 나오며 상삼을 맞아 주었다.

"예, 할머니, 이제 막 들어왔구먼요. 밥 지을 물이 필요한데 물 있는 데를 알려 주소."

할머니는 빙그레 웃으며 손을 내저었다.

"아이들도 있는가?"

"예, 둘이나 있구먼요."

"어린 것들을 한데 재우지 말고 이리 데려와. 여기 신당에서 하루를 자고 가."

신당 할매가 잠자리를 내 주겠다고 했다. 코끝이 찡해 왔다.

"고맙습니다. 고맙습니다."

낯선 곳에서 생각도 않던 큰 대접을 받는 기분이었다. 망망한 바다를 건너 마침내 안식처를 얻게 된 느낌이었다. 지게에 빈 함지를 얹고는 날듯이 해안으로 내려왔다.

서러움

계곡을 따라 해안으로 내려오는데 낯선 사람들이 식구를 둘러싸고 있었다.

"뭐지?"

뭔가 이상하다는 생각이 들었다. 걸음을 멈추고 그들이 하는 짓을 살폈다. 그들은 모두 몽둥이를 하나씩 들고 있었다. 시용이와 월용이는 엄마에게 꼭 안겨 있었으며, 재환은 그들 앞에서 허리를 굽실대고 있었다.

상삼은 멀찍이 지게를 내리고, 지게 작대기를 움켜쥐었다. 발소리를 죽이며 재환의 뒤로 다가갔다. 갑자기 커다란 덩치가 나타나자 낯선 사람들은 순간 움찔하였다.

"네놈은 누구야?"

덩치를 보고 흠칫하던 사람들 중 두목처럼 보이는 놈이 칼을 쓰윽 빼 들어 상삼을 겨누었다. 상삼의 주먹에도 불끈 힘이 들어갔다. 이를 눈치챈 재환이 얼른 등으로 상삼의 손을 가렸다.

"예, 도장 나리, 제 동생입니다. 같이, 같이 왔지요."

"힘깨나 쓰겠군. 섬에 들어온 이상 그 힘을 함부로 쓰다간 살아남지 못할 것이야."

도장이 은근히 겁을 먹였다.

재환이 그 말을 재빨리 받았다.

"덩치만 이렇지 성질이 물러 터진 순둥이랍니다."

재환은 한껏 비굴한 모습을 보여 주고 있었다. 빨리 그 사람들이 돌아가 주기만을 바랐다. 아이들은 엄마 품에 얼굴을 묻은 채 떨고 있었다.

"좀 전에 묻던 말을 다시 하겠어. 개척사가 들어오기로 한 날은 아직 한 달이나 남았는데 어떻게 미리 들어왔느냐?"

지금까지 계속 그 일을 가지고 시비를 걸고 있었다.

"우릴 보고 먼저 들어가라고 명하셨습니다. 섬에서 자리 잡을 곳까지 일러 주셨는데요."

"먼저 들어가라…… 으흠, 어디에 자리 잡으라고 했지?"

"예, 송곳봉 아래가 저희들 터라고……."

"송곳봉이라고?"

그 말끝에 도장이 졸개들을 둘러보았다. 그러자 졸개들은 서로 눈짓을 하며 고개를 갸웃거렸다.

"예, 분명 송곳봉, 추봉 자락이라고 했다고요."

"다른 이야기는 없었고? 무엇을 살피라든가 뭐 그런……."

"그런 말씀은 없었습니다."

"어이, 너, 이자의 말이 거짓은 아니지?"

도장은 갑자기 상삼의 우람한 어깨를 쿡 찔렀다. 상삼은 꿈쩍도 하지 않았다. 마치 바윗덩이 같았다. 상삼이 흔들리지 않는바람에 무안을 당한 도장은 졸개의 몽둥이를 뺏어 들더니 상삼의 어깨를 내리쳤다. 상삼은 순간적으로 손을 쳐들어 그 몽둥이를 움켜잡았다. 그러고는 그 몽둥이를 놓지 않았다. 매 맞는 게겁이 났기 때문에 저도 모르게 손이 움직였다.

"이, 이, 이놈이……."

도장이 당황하여 말을 잇지 못하였다. 상삼은 어쩔 줄 몰라서한 손으로 몽둥이를 잡은 채 도장 눈치를 살폈다. 뒤늦게 정신을차린 재환이 몽둥이를 상삼의 손에서 빼내려고 허둥거렸다.

"이 사람아! 그, 그만 놓아."

그러나 상삼은 꿈쩍하지 않았다. 바위처럼 몸이 굳어져 있었다.

"너, 너희들! 이 돼지 같은 놈을 그냥 보고만 있을 거야?"

도장이 졸개들을 향해 소리를 질렀다. 그제야 졸개들이 몽둥이를 들고 달려들어 상삼을 마구 두들겼다.

"안 돼요. 그만하시오."

재환이 막고 나섰다. 그러나 몽둥이는 말리는 재환에게도 날아들었다.

그때 겁에 질린 시용이가 울부짖었다.

"아버지!"

형을 따라서 월용이도 엄마 품에서 자지러졌다. 아이들의 울음소리가 어두운 태하 해안을 울렸다. 그제야 몽둥이가 멈추었다. 정신이 반쯤 나간 재환은 쓰러진 채 멍하니 도장과 졸개들을 올려다보았다. 그러나 상삼은 몽둥이를 고스란히 맞으면서도 고목처럼 버티고 서 있었다.

"여기서는 개척사 말이 중한 게 아니라 나, 바로 이 도장의 말이 최고라는 걸 기억해. 오늘은 이 정도로 끝내겠어. 얘들아! 돌아가자."

도장은 졸개들을 데리고 어둠 속으로 사라졌다.

그들이 보이지 않자 겁을 먹고 울던 시용이가 뛰어와서 재환을 일으켰다.

"아버지!"

"그래. 나는 괜찮다."

이번에는 상삼의 다리를 부둥켜안았다.

"아제! 괜찮아요?"

무수한 몽둥이를 고스란히 견디던 상삼의 무릎이 푹 꺾이더니 앞으로 고꾸라졌다. 시용이가 상삼을 흔들며 울었다.

한참 뒤에 기운을 차린 상삼은 바다로 걸어갔다. 바닷물이 발목을 적셨다. 차가운 바닷물에 피투성이가 된 얼굴을 씻고 또 씻었다. 찢어진 상처가 아리고 아팠다. 물이 뚝뚝 떨어지는 얼굴로 하늘을 올려다보았다. 별이 초롱초롱하게 빛났다. 별들이 파랗게 깜박였다. 하늘의 무수한 별들이 너무나 무심해 보였다.

"참고 견딘 게 잘한 건가요? 뭍을 떠난 것도 서러운데 여기서조차 이런 설움을!"

그렇게 따지듯 하늘에 대고 마구 소리를 지르며 바다로 들어갔다. 그대로 걸어서 뭍으로 가고 싶었다. 자꾸, 자꾸 물로 들어갔다. 물은 무릎을 지나 허리를 넘고 있었다.

서럽고 서러웠다.

"아제! 무서워요. 그만 나와요!"

시용이가 울먹이며 소리쳤다. 그 소리에 상삼은 퍼뜩 정신이 들었다. 파도가 가슴을 때렸다.

"시용아! 무서웠지. 미안하다."

재환은 불을 피우고 있었다. 겁에 질려 있는 식구들 마음을 따뜻하게 풀어 주고 싶었다.

상삼은 팔을 휘둘러 보았다. 그러고는 허리를 좌우로 흔들어도 보았다. 크게 다친 데는 없었다.

"잘 참았네. 섬에 들어와서 인사한 셈 치자고."

재환이 상삼의 등을 두드렸다.

"저야 뭐, 형님 시키는 대로 했지요. 참으라고 내 손을 잡았잖소."

"허어, 내가 그랬는가?"

두 사람은 그 이야기를 길게 하지 않았다. 아이들 보기가 민망했다. 아이들이 까만 눈으로 쳐다보고 있었다.

"아 참, 그놈들 때문에 깜박했네. 저쪽 할매가 우리더러 신당에 와서 하루를 지내라고 했구먼요. 아이들에게 찬바람이 좋지 않다면서."

"그래? 그럼 그쪽으로 옮기세. 밤에 또 어느 놈들이 들이닥칠까 봐 은근히 겁이 났는데……."

꺼내 놓은 짐이 많지 않았기 때문에 옮겨가는 일은 쉬웠다.

친절한 신당 할매가 상삼의 얼굴을 보더니 혀를 끌끌 찼다.

"그놈들 짓이구나. 못된 놈들! 섬사람들 돌보라고 나라에서 감투를 줬더니 왜놈에게 붙어서 오히려 백성들을 잡고 있어. 그놈들이 없어져야 섬사람들이 편히 살 수 있어."

"할머니도 그들을 아세요?"

재환이 조심스럽게 물었다.

"알다마다. 그놈들하고는 말도 섞지 마라. 거머리 같은 놈들이야. 잘못하다가는 저기 저 사람 꼴 되네."

신당 할매가 한쪽 구석에 앉아 있는 사람들을 가리켰다. 어두웠지만 한 가족임을 알 수 있었다. 할머니가 자기네들 이야기하는 것을 알아챘는지 몸을 더욱 움츠렸다.

"그렇게 외면하지 말고 이리 나와 봐라. 오늘 새로 들어온 가족이래. 벌써 그놈들에게 당한 모양이야. 사는 게 서럽기로 따지면 똑같은 처지일 게야."

신당 할매는 또 혀를 끌끌 찼다. 그 가족들이 조심스럽게 가까이 다가왔다. 남편은 어딘가 아파 보였다.

"아들이 참 야물게 생겼네요."

재환이 인사치레로 말을 건넸다. 아들은 열서너 살은 되어 보였다.

"아들만 야물면 뭐하나. 아비가 저 꼴인데. 몸에 병이 실리는 바람에 여기서 기도하고 있어."

신당 할매가 끼어드는 바람에 이야기는 거기서 끊어졌다.

꼬박 사흘이 걸린 뱃길과 도장과 벌인 시비 때문인지 몹시 피곤하였다. 일찍 자리에 누웠다. 그러나 상삼은 잠이 오지 않았다. 도장과 그 졸개들 생각이 머리를 어지럽게 했다. 섬 생활이 만만치 않을 것만 같았다. 그렇다고 돌아갈 수도 없는 노릇이었다.

'10년 동안 죽은 듯이 숨어 살았는데. 그래, 그들과 마주치지 말고 가만히 엎드려 지내면 되겠지. 말도 섞지 말고.'

분한 마음을 꾹꾹 누르며 그렇게 다짐을 하고 있는데 별들이 창을 넘어와서 깜빡였다. 못난 생각을 들킨 것만 같아서 눈을 꽉 감았다.

천수환

　이튿날 일찌감치 배를 띄웠다. 북쪽 해안을 따라 이동했다. 대풍감을 돌아서자 현포 해안이 길게 펼쳐지면서 멀리 노인봉과 송곳봉이 흐릿하게 보였다.

　"도장이 뭐요?"

　배가 서풍을 받아 스스로 움직이기 시작하자 노 젓기를 멈춘 상삼이 물었다. 엊저녁 일이 자꾸만 떠올랐다.

　"간밤에 신당 할매가 말했잖아, 섬 백성을 돌보라고 나라에서 감투를 씌워 줬다고."

　재환은 시큰둥하게 대답했다.

　울릉도에는 몰래 들어와서 살고 있는 사람이 여럿 있었다. 더구나 불법으로 들어와서 도벌과 고기잡이에 나서는 일본 사람들도 있었다. 나라에서는 사람들이 많아지면서 울릉도의 자원과 백성들을 돌보기 위하여 관리를 보내야 했다. 그러나 멀리 떨어진 섬까지 가려고 나서는 벼슬아치가 없었다. 그래서 살고 있는 사람 중에서 울릉도 사정에 밝고 일본 사람들과 맞설 수 있는 '전석규'라는 사람을 도장으로 임명하였다.

"그렇다면 우리를 돌봐 주어야지, 두들겨 패면 안 되잖소."

"그러게 말이다. 우리도 먹고 살려고 이 먼 뱃길을 고생고생왔는데 무슨 비밀이나 염탐하러 온 사람으로 취급하다니."

"텃세 부리는 거라고요? 만약 앞으로도 우릴 만만하게 보면 가만있지 않을 거요."

상삼이 잡고 있던 노 손잡이를 불끈 쥐었다.

"아서라. 우리가 어디 싸우러 왔냐? 잠자코 살면 괜찮을 거야."

재환은 가만가만 상삼을 다독였다.

상삼도 더 이상 다른 말을 하지 않았다.

그런데 문득 강릉에서 당한 일이 떠올랐다. 다시는 옥에 갇히는 일은 없어야 한다는 생각이 들었다. 만약 상삼의 지난 일을 도장이 안다면 그 약점을 물고 늘어질 게 뻔했다. 이러지도 저러지도 못하는 신세가 된 꼴이었다. 가슴이 답답해 왔다.

바람이 불어 돛이 부풀어 있는데도 상삼은 자꾸만 노를 저었다. 움직여야 걱정거리가 머리에서 떠날 것 같았다.

"저어기 보이는 곳인데 뭘 그렇게 서두르고 그러냐?"

"저기라고요?"

상삼은 노에서 손을 빼고는 뱃전에 걸터앉았다.

노인봉 자락을 빠져나가자 바로 공암이 보였다. 바로 뒤따라서 송곳봉이 다가왔다.

"나리분지도 아니고 하필이면 북쪽 바닷바람이 바로 들이치는 곳을 배정하다니."

재환은 정해진 땅이 마음에 들지 않았다. 이제 와서 투덜대고 있었다.

"형님은 참, 섬 형편을 알고 있었으면 그 자리에서 바꿔 달라고 해야지 이제 와서 투덜대 봐야 무슨 소용이오?"

"그때 그런 말 할 짬이라도 있었냐. 군졸들에게 잡혀 넋이 나가 버렸는데."

"하긴 그 말이 맞소."

상삼은 풀썩 웃고 말았다.

배를 천천히 해안 가까이 붙였다. 상삼이 줄을 쥐고 뛰어내렸다. 바닷물이 무릎까지 차올랐다. 닻줄을 어깨에 걸고는 천천히 배를 끌어올렸다. 배를 묶을 만한 바위나 나뭇등걸을 찾았다. 뒤따라 내린 재환이 재빨리 큰 바위 하나를 굴려 왔다. 바윗돌에다 닻줄을 감고는 단단히 묶었다. 그러나 파도가 배를 밀칠 때마다 바윗돌이 곧 끌려갈 것처럼 움찔댔다.

"하는 수 없네. 짐부터 빨리 내리세."

상삼도 뾰족한 방법이 떠오르지 않았다. 움찔댄다고 바로 배가 바다로 흘러갈 것 같지는 않았다. 아이들을 먼저 내려놓은 다음에 재환은 서둘러 비바람 피할 만한 곳을 둘러보러 갔다. 상삼은 그 사이에 부지런히 짐을 내렸다.

"배를 조금 더 동쪽으로 옮겨야겠어. 파도를 피하기에는 그쪽이 좋겠네."

"아니, 머물 곳 보러 간 게 아니었소?"

"그랬지. 산모롱이를 돌다 보니까 건너편에 배 대기 딱 좋은 곳이 보이더라고. 송곳봉 자락에 제법 평평한 곳을 찾았다네. 집을 지을 수도 있겠어. 짐부터 봐 둔 자리로 옮기고, 배는 그쪽으로 옮겨 두자고."

재환은 어렵지 않게 식구들이 머물 자리를 찾은 게 몹시 기분이 좋았다. 멀지 않은 곳이었기 때문에 짐을 옮기는 데도 별로 힘들지 않았다. 상삼도 불안하던 마음이 조금씩 가라앉았다. 짐을 다 옮긴 뒤에 재환이 짐을 정리할 동안 상삼은 재환이 일러준 자리로 배를 옮겼다. 배를 묶어 두기에는 안성맞춤이었다. 뭍으로 돌아갈 일은 없겠지만 섬에서는 배가 곧 발이었다. 그래서 더욱 단단히 배를 묶어 두었다.

어느새 해가 성인봉을 지나가고 있었다.

짐 정리를 마친 상삼은 주변을 둘러보고 싶었다. 널찍한 골짜기를 따라 올라갔다. 몇 차례 굽어 돌던 골짜기는 한 차례 비탈을 지나자 넓고 평평한 분지가 나타났다.

'이야기로 들었던 그 나리분지인가 보네.'

농사짓기 좋다던 재환의 말이 떠올랐다. 좋은 땅을 보니 재환의 말처럼 개척사가 섭섭하게 느껴졌다. 그러나 이내 고개를 저었다. 죽을 고비에서 구해 준 사람이 개척사가 아니었던가. 상삼은 나리분지 들머리에 서서 마주 보이는 성인봉을 올려다보았다. 그 아래로 시커먼 숲이 아득하게 펼쳐져 있었다.

편안한 밤이었다. 별이 총총히 박힌 하늘을 보며 누웠다.

"형님, 내일은 뭐 할 거요?"

"집부터 지어야지."

"맞소. 비바람은 피해야겠지요. 그다음은요?"

"곡식 심을 밭을 만들어야겠지."

"그다음은요?"

"그러다 보면 개척사가 들어오겠지. 개척사가 내놓는 계획에 따라야지."

"겨울이 오기 전에 개척사가 올 것 같소?"

"그 일은 나도 알 수가 없네."

이런저런 걱정을 나누다가 스르르 잠이 들었는데 시용이의 비명 소리가 깊은 잠을 깨웠다.

"아버지, 아제! 크, 큰일 났어요."

"큰일이라니, 뭔 일이야?"

상삼은 가슴부터 덜컥 내려앉았다.

"큰 배가 우리, 우리 배를……."

"큰 배라니, 우리 배가 뭐 어떻다고?"

재환과 상삼은 배를 묶어 둔 곳으로 달려갔다.

"아니, 저건!"

처음 보는 광경에 두 사람은 입이 딱 벌어져 한동안 아무 말도 못하였다. 산을 옮겨 놓은 것 같이 큰 배가 연기를 뿜어 대며 버티고 있었다.

"일본 배야."

재환은 잔뜩 기가 죽은 채 기어들어가는 소리로 중얼거렸다.

"우리 배는 어디 갔소?"

어제 낮에 매어 둔 배가 보이지 않았다. 상삼이 해안으로 내달렸다. 바다로 길게 뻗어 있는 선창 가운데 일본 배가 있었고, 그 곁에 사람들이 모여 있었다. 간밤에 들어온 모양이었다. 상삼이 달려가자 그들이 상삼 쪽으로 고개를 돌렸다.

"우리 배 어쨌소?"

그들은 서로 얼굴을 쳐다보며 고개를 갸웃거렸다.

"아니, 귀가 먹었소? 여기 있던 우리 배를 어쨌냐고?"

한 사람이 나서며 뭐라고 말을 하였다. 낯선 말이었다. 그러고 보니 일본 사람이었다.

'그렇다면 이 배는 일본에서 온 배?'

상삼은 헛기침을 두어 차례 하고는 그들이 알아채지 못하게 어깨에다 힘을 실었다.

"어제 우리 배를 여기다 두었는데 어떻게 했소?"

상삼은 손짓 발짓으로 그들에게 따졌다. 그중 한 사람이 그제 야 고개를 끄덕이더니 일본 배 뒤쪽을 가리켰다. 그곳에는 반쯤 부서진 배가 초라하게 묶여 있었다. 일본 배에 부딪혀 부서진 상 태였다. 줄을 당겨 배를 끌어당겨 보았지만 이미 물에 반쯤 잠긴 배는 끌려오지 않았다. 상삼은 배를 밀려고 물로 뛰어들었다. 물 은 생각보다 깊었다. 상삼은 그대로 물속으로 빨려 들고 말았다. 허우적대다가 돌부리를 잡고 간신히 밖으로 나올 수 있었다. 일 본 사람들은 구경거리를 보듯이 키득거리고 있었다.

상삼은 몹시 화가 났다.

"아니, 어떻게 남의 배를 이렇게 망가뜨릴 수가 있냐고!"

상삼은 얼굴을 타고 흘러내리는 바닷물을 훔치며 그들에게 따지고 들었다. 대답을 해 주던 그 사람이 또 나섰다. 말은 알아들을 수가 없었지만 몸짓으로 보아서는 '어두운 밤에 배를 대는 바람에 배가 작아서 미처 발견하지 못하였다. 그런데 여기는 자기네들 배를 대는 곳이기 때문에 배를 함부로 댄 당신의 잘못이 크다.' 이런 말 같았다.

"아니, 여기 울릉도 땅에 일본 배를 대는 곳이 따로 있단 말이야? 도대체 뭔 소릴 하는 거야!"

답답해진 상삼은 큰 덩치를 들이밀며 따져 물었다.

"불법으로 들어온 왜놈이 바로 네놈들이로구나."

그들은 비실비실 웃으며 배에 올라가 버렸다. 붙들고 말할 사람조차 사라져 버렸다. 그렇다고 멀쩡한 배를 망쳐 놓은 그들은 그냥 둘 수는 없었다.

"야, 이놈들아! 배를 물어 주어야 할 것 아니냐? 그냥 도망친다고 내가 물러설 것 같으냐? 어림없다."

상삼의 고함 소리는 바다를 쩌렁쩌렁 울렸다. 선실로 들어갔던 일본 사람 하나가 고개를 다시 내밀었다. 상삼은 본때를 보여 주어야겠다는 생각이 들었다. 두루두루 살피는데 사람 머리만한 돌덩이가 눈에 띄었다. 상삼은 오른손으로 돌덩이를 가볍게 집어 들었다. 뱃전을 향해 내던질 참이었다. 이를 본 일본 사람이 두 팔을 내저으며 소리를 질렀다. 그때 한 사람이 갑판에서 사다리를 타고 내려오며 소리를 질렀다.

"지금 뭐 하는 짓이야!"

"아니, 저 사람은?"

도장이었다. 예상치도 못한 일이었다. 그는 성큼성큼 상삼에게 다가왔다. 옆구리에 칼을 차고 있었다. 그의 뒤에는 첫날과 마찬가지로 졸개 셋이 버티고 있었다.

"나라에서 하는 일을 네놈이 막겠다 이 말이야?"

"아니, 그런 게 아니라 저희들 배를 부셔 놓아서……."

재환이 나서며 허리를 굽실댔다.

"이 선창이 너희들 것이냐? 이 선창에 누가 함부로 배를 대라고 했느냐? 법을 어긴 것은 너희들이야. 나라 법을 어기면 어떻게 된다는 것은 알고 있겠지?"

도장은 앞에 선 재환을 밀쳐 버리고 칼을 뽑더니 상삼의 목에 갖다 대었다. 칼이 아침 햇살을 받아서 번쩍였다.

"지금 당장 네놈의 죄를 물어 목을 베어 버릴 수도 있어."

"아이고, 나리! 저희들이 나라 법을 몰랐구먼요."

재환이 도장 앞에 무릎을 꿇고 빌었다. 그러나 상삼은 움직일 수가 없었다. 칼끝이 살갗을 파고들었다.

"네놈도 무릎을 꿇지 못할까! 아직 무슨 잘못을 저질렀는지 알지 못한다 이 말이지?"

도장은 칼을 밀며 한 걸음 더 다가왔다.

"빨리빨리 무릎 꿇고 도장 님께 빌어라."

재환은 도장의 다리를 잡고 흔들며 애타는 눈길로 상삼을 올려다보았다. 바윗덩이가 무너지듯 상삼도 무릎을 꺾었다. 그러자 졸개 하나가 나서더니 상삼의 머리를 움켜쥐고는 바닥에다 쿡쿡 찧었다. 도장은 다시 칼로 상삼의 목을 지그시 내리눌렀다. 상삼의 목에서 피가 맺히더니 방울방울 흘러내렸다.

"아우야!"

재환이 무릎걸음으로 다가와서 상삼의 목을 감쌌다.

"내 칼이 네놈의 목 가까이 있다는 것을 잊지 마라."

도장은 싸늘하게 웃고는 칼을 거두었다.

'칼! 백성을 겨누는 칼!'

'칼'이라는 말이 머리를 세차게 때리며 지나갔다. 백성을 지켜 주어야 할 칼이 도리어 백성을 겨누고 있었다.

졸개 중 하나가 와서 상삼의 어깨를 밟고 짓누르며 이죽거렸다.

"울릉도에서는 눈 감고, 입 닫고 사는 게 좋아."

"홍 서방, 그쯤 해 두고 올라가자."

도장의 말에 졸개는 상삼의 어깨에서 발을 내렸다.

상삼의 이마와 목에서 피가 흘렀다. 분노보다 두려움이 가슴을 가득히 채웠다.

'칼! 진정 백성을 위한 칼은 없는 것인가?'

상삼은 또 다시 잘못된 세상에 떨어졌음을 깨달았다. 돌아갈 수도 없었다. 눈앞이 캄캄했다.

분노

상삼은 무작정 걸었다. 좁은 섬에서 도망칠 곳도 없었지만 벗어나고 싶다는 생각뿐이었다.

"여보게! 어딜 가려고?"

재환이 걱정스레 따라붙었다.

칼! 왜 칼은 힘 있는 사람들에게 주어질까? 그들이 쥐고 있는 칼이 아내와 아들의 목숨을 앗아갔다. 바로 그 칼을 피하여 왔건만 이제는 재환의 가족을, 그리고 상삼의 목을 노리고 있었다. 두려움에 밀려나 있던 분노가 슬금슬금 치밀어 올랐다. 분노가 가슴을 채우고 또 채웠다. 가슴이 터져 지레 죽을 것만 같았다. 오르막을 오르고 또 올랐다. 숨이 턱까지 차올랐지만 멈추지 않았다.

얼마나 걸었을까. 더 이상 오를 데가 없었다. 성인봉이었다. 서쪽 준령 너머로 어느새 해가 지고 있었다. 온갖 생각이 어지럽게 오고 갔다. 화가 나지만 그래도 참고 피하는 게 좋을 것인가, 아니면 다시 뭍으로 도망갈 것인가. 저들이 휘두르는 칼에 맞서 싸울 것인가. 대답 없는 물음만 이어졌다. 해가 뜨고, 해가 지고, 내일이면 또 해가 아무 일이 없었다는 듯이 떠오를 것이다. 어둑어둑해지는 하늘이 참으로 무심해 보였다.

"사람이 하늘이라고요? 평등하다고요? 모두가 존귀하다고요? 아니요. 힘 있는 자에게는 여전히 칼이 있네요. 내 말이 들려요? 말 좀 해 보라고요. 왜 칼은 그들 손에서만 춤을 추나요?"

하늘에 닿으라고 마구 소리를 질렀다.

캄캄한 어둠에 갇혀 있었다. 왜선창 불빛이 바다를 물들이고 있었다. 일본 배, 천수환에서 흘러나온 불빛이 분명했다. 일본 사람들은 남의 나라에서 마음대로 돌아치는데 우리 백성은 제 나라 땅에서 두려워 떨고 있었다. 목을 겨누고 있는 칼 때문이었다. 어떻게 할 수 없다는 생각이 상삼을 절망에 빠뜨렸다.

"그래, 돌아갑시다. 형님, 돌아가자고요."

더 이상 소리칠 힘도 없었다. 주춤주춤 뒷걸음을 치는데 갑자기 고막을 찢을 것 같은 쇳소리가 진동하였다. 상삼은 귀를 감싸 쥐고 나뒹굴었다.

"아악! 이 소리, 귀가 찢어져."

느닷없이 벌어진 일이었다. 눈치를 살피고 있던 재환이 놀라서 상삼에게 엉겨 붙었다.

"무슨 소리가 들린다고 그래. 제발 정신 좀 차려, 이 사람아!"

재환이 상삼을 붙들고는 등을 두드렸다.

"형님! 소리, 이놈의 소리가 내 귀를 찢소."

"뭔 소리가 난다고 이러냐? 어디, 어디 보자."

재환은 귀를 틀어막고 있는 상삼의 손을 억지로 잡아떼고 귀를 살펴보았다. 아무렇지도 않았다. 그런데 상삼은 미친 사람처럼 날뛰었다.

"날 좀 살려 주소. 내 귀가 찢어져."

"귀가 뭐가 어떻다고 이러느냐? 아무렇지도 않은데."

겉으로 보기에는 아무렇지도 않았다. 그런데 상삼의 귀에서는 쇳소리가 계속 이어졌다.

"아이쿠, 나 죽소!"

"제발 정신 좀 차려라. 제발!"

재환은 땅바닥에다 상삼을 눕혔다. 큰 덩치를 어떻게 할 수가 없었다. 소매에 침을 묻혀서 상삼의 귀를 닦았다. 얼굴도 닦아 주었다. 상삼의 얼굴은 땀으로 범벅이 되어 있었다.

한동안 혼란스럽던 쇳소리가 상삼의 귀에서 서서히 잦아들었다. 몸부림을 치던 상삼도 조금씩 진정되어 갔다. 쇳소리가 가닥이 잡히면서 또렷한 한마디 말이 되어 다가왔다.

'칼!'

분명히 칼이라는 말이 머리를 때렸다.

"칼이라는 소리가 들렸소."

상삼은 가쁜 숨을 몰아쉬며 들리는 소리를 뱉어 냈다.

"칼이 뭐 어떻다고? 아닌 밤중에 홍두깨라더니 칼은 또 뭐야?"

"맞소, 칼! 우리를 지켜 주는 칼이 있어야겠소."

"아무래도 자네가 그 도장 놈의 칼에 찔리고 나서 정신을 놓친 게야. 그런 모진 설움을 당했으니 정신인들 온전하겠나. 그러나 신당 할매도 그랬잖아. 참자. 그냥 꾹꾹 눌러 참아 내자고."

재환이 상삼의 팔을 잡고 흔들었다. 상삼은 대꾸하지 않았다.

상삼은 널브러져 있던 몸을 툭툭 떨고 일어났다. 그러고는 산을 내려갔다.

집으로 돌아온 상삼은 바로 바위 밑에 가지런히 놓아 두었던 짐들을 끌어냈다. 그중에서 따로 두었던 대장간 연모가 담긴 나무 궤짝을 짊어지고 송곳봉 기슭으로 들어갔다.

"아니, 어쩌려고? 개척사가 기다리랬잖아."

재환은 모루를 짊어지고 상삼의 뒤를 쫓았다. 상삼의 걸음은 나는 듯이 빨랐다. 재환은 혹시 따라오는 사람이 있을까 봐 뒤를 살피느라 걸음이 점점 뒤처졌다. 바위 터널을 지나자 바위굴이 나타났다. 상삼은 그 쯤에다 나무 궤짝을 내려놓고는 주변을 둘러보았다. 길에서 돌아앉아 있었으며 하늘만이 빠히 열려 있었다. 파도 소리가 들려왔지만 바다가 보이지는 않았다. 바위굴 안을 살펴보았다. 굴이 제법 깊었다. 짐을 안으로 옮기고 궤짝을 뜯었다. 정을 꺼내어 가지런히 펼쳐 두었다. 쇠메들도 한쪽에 세웠다. 뒤따라온 재환의 어깨에서 모루를 받아 가운데에다 놓았다. 어둠 속이었지만 제법 대장간 꼴이 갖추어졌다.

"어쩔 작정이야? 그 못된 도장 놈이 알면 이걸 다 빼앗으려 들지도 몰라."

재환은 상삼의 목을 겨누던 그 칼날을 떠올렸다. 생각만으로도 온몸이 오싹해졌다. 상삼은 여전히 말을 하지 않았다.

"말 좀 해 봐. 도대체 무슨 생각을 하고 있는 거야?"

상삼은 덩이쇠 자루를 풍로 곁으로 옮겼다.

"칼을 만들 겁니다. 칼! 백성을 겨누는 칼이 아니라 백성을 지켜 주는 칼 말이오."

재환은 이내 상삼이 하는 말을 알아챘다. 한쪽으로 물러나 앉으며 고개를 절레절레 흔들었다.

"백성을 지켜 주는 칼? 가당치도 않네. 내 평생 그런 칼을 본 적은 없네."

재환은 가슴에 켜켜이 쌓여 있던 말을 긴 한숨과 함께 토해 내었다.

상삼은 재환의 말에는 아랑곳하지 않았다. 바위굴 깊숙한 곳에다 불간과 풍로를 앉혔다. 쇳덩이를 녹여서 모루 위에 놓고 쇠메로 두들기고 또 두들기면 될 것 같았다. 허리를 펴고는 한참 동안 도구가 놓인 자리들을 살폈다. 그러고는 굴 밖으로 나가서 주변을 또 살폈다. 다시 들어오더니 모루를 안아 들고는 더 안쪽으로 이동시켰다. 아무래도 쇠메를 두드릴 때 그 소리가 밖으로 흘러나갈 것만 같았다. 불빛과 소리가 새어 나가는 일은 막아야 했다.

재환은 멀거니 지켜보기만 했다.

"그래, 칼을 만들어 도장 놈을 치겠다는 겐가?"

"아뇨, 칼은 개척사께 드릴 거요."

"뭐라고?"

"백성을 지킨다는 일…… 아무도 내게 그런 자격을 주지 않았소. 이 섬에서 그런 임무를 받은 사람이 누구겠소? 바로 개척사 아니겠소. 나는 도장이 휘두르는 왜놈의 칼을 막아 낼 칼을 만들겠다 이 말이오. 그게 내 일인 것 같소."

"말은 맞다마는 그게……."

날이 새고 있었다.

상삼은 희붐해 오는 새벽빛으로 굴의 위치와 주변 모습을 다시 살폈다. 굴 입구는 남서쪽으로 돌아앉아 있었다. 뒤에는 송곳봉이 벽을 만들어 소리나 불빛이 왜선창이나 길목으로 새어 나가는 것을 막고 있었다. 송곳봉 아래 자락에 얼기설기 엉킨 잡목들은 굴 입구를 덮어 주고 있었다. 안심이 되었다.

상삼은 두 손을 펴고 손바닥을 들여다보았다. 풀무질을 놓은 지 10년이 넘었다. 그러나 잊은 풀무질을 손이 기억해 줄 것이라고 생각했다. 손을 믿어 보기로 했다.

칼

"이 사람아, 천수환, 저놈의 배가 아무래도 이상해."

지붕을 올리다 말고 재환이 고개를 갸웃거렸다.

"형님, 천수환이 뭐요?"

"왜선창에 있는 일본 배 말이야."

"그 배 이름이 천수환이었소? 그런데 이상하다는 건 또 뭐요?"

"밤마다 사람들이 드나들더니 배 가득히 나무가 실렸네."

"그건 또 뭔 소리요? 자세히 이야기해 보소."

"도장이라는 자가 일본 사람과 짜고 우리 섬 나무를 몰래 넘기는 것 같아."

"나무를 지켜야 할 도장이 오히려 팔아먹는다 이 말이오?"

"그런 것 같아. 그렇지 않고서야 왜 몰래몰래 일본 배에다 나무를 싣겠어?"

상삼은 도장이 눈을 부라리던 이유가 어렴풋이 잡혀 왔다.

"도둑질하는 게 새 나갈까 봐 우리를 그렇게 닦달했군."

상삼은 주먹을 불끈 쥐었다. 지금까지 당한 게 너무나 억울했다. 집을 짓는 동안에도 수시로 들락거리며 시비를 걸고 몽둥이를 퍼부었다. 뿐만 아니었다. 왜선창 근처로 나가는 것조차 트집을 잡곤 했다.

"개척사가 일러 준 말뜻을 이제야 알 것 같네."

"그건 또 뭔 말이오? 형님은 비밀이 참 많소."

"개척사가 내게 이런 말을 했네. '울릉도 형편을 잘 살펴서 알려 줄 사람이 필요해. 자네가 그 일을 맡아야겠어.' 그리고 아우는 말이야 자기네들 곁에 두고 돕게 할 거라고도 했잖아."

"그런 말을 들었던 거 같소?"

상삼도 가만히 생각하니 그런 말을 들은 것 같았다. 그제야 개척사의 말과 섬에서 일어나는 일들이 서로 아귀가 맞아 들어갔다. 옥사에서 몰래 풀어 준 일이며, 개척사의 말과 도장의 의심이 괜한 것이 아님을 깨달았다. 왠지 불안하고 겁이 났다. 거대한 물결 한 가운데에서 허우적대는 느낌이었다.

상삼은 지붕을 마저 덮고는 줄을 엮어서 단단히 묶었다. 비바람을 피할 수 있는 집이 완성되었다.

지붕에서 내려온 상삼은 주변을 살폈다.

"대장간에 가려고? 보는 눈이라도 있으면 어쩌려고. 오늘 바람이 예사롭지 않네. 잔뜩 구름 낀 하늘하며, 뒤집어지는 바다까지……."

대장간에 가기에는 아직 이른 시간이었다. 대장간에는 늘 어두워진 뒤에 몰래몰래 드나들었다. 이웃이라도 선뜻 믿을 수가 없었다.

"걱정 마소. 날이 어두워지면 움직일 테니. 형님은 오늘 쉬소."

"그래도 되겠는가? 날이 추우니 옷을 단단히 입고 가."

재환은 집이라고 지었지만 아직은 허술하기 짝이 없었다. 추운 날씨에 식구들만 두는 게 마음에 걸렸다. 천수환에 가득 실린 나무로 보아서는 오늘 밤 무슨 움직임이 있을 것만 같았다. 집에 머물면서 그것도 보고 싶었다. 나중에라도 개척사에게 알려야 할 것 같았다.

칼을 만들기 시작한 지 100일째였다.

상삼은 마무리를 서둘렀다. 들키는 날에는 살아남지 못할 게 분명했다. 도장은 무슨 낌새를 챘는지 수시로 집으로 찾아왔다. 작은 꼬투리라도 잡아서는 시비를 걸곤 했다. 칼 만드는 일이 들통나지 않으려고 갖은 수모를 참고 견디었다.

바람이 거세지고 있었다. 상삼은 어둠에 기대어 슬그머니 굴 안으로 빨려 들어갔다.

벌겋게 단 쇳덩이를 모루 위에 얹고 두드렸다. 제법 칼 꼴이 되어 가고 있었다. 울림이 집게를 쥔 팔뚝으로 고스란히 전해 왔다. 다시 불간에 쇳덩이를 집어넣고 풀무를 돌렸다. 불길이 파랗게 일었다. 집게로 새파란 불덩이를 집어내서 모루로 옮겨 내려치는데 짐승처럼 우렁대던 바람이 기어이 굴 앞을 막아 둔 거적을 밀어붙였다. 기다렸다는 듯이 진눈깨비가 들이쳤다. 세찬 바람이 불간의 불꽃을 더욱 거칠게 만들었다.

"날씨가 왜 이 모양이야."

바다 날씨는 종잡을 수가 없었다. 상삼은 투덜거리며 쇠메를 치켜들었다가 힘껏 내리쳤다. 마치 번개가 일듯이 불꽃이 사방으로 튀었다. 그 위로 진눈깨비가 덮쳤다. 다시 모루를 내리쳤다. 불꽃이 일자 그 위를 다시 진눈깨비가 덮쳤다. 불꽃이 튀고, 진눈깨비가 덮치는 게 반복되었다. 뜨거움과 차가움이 쇳덩이 위를 드나들었다. 다시 거센 불간 속으로 쇳덩이를 집어넣었다. 다시 불덩이를 모루 위에 놓고 진눈깨비와 함께 쇠메를 내리쳤다. 언제부터인가 먼 데서 천둥소리 같은 땅 울림이 서서히 다가오고 있었다. 바위굴이 흔들리기 시작했다. 점점 섬이 흔들리더니 송곳봉이 쩍쩍 갈라지면서 바위들이 굴러 내리기 시작했다. 모루가 뒤집어지고, 불간 속에서 시뻘건 쇳덩이가 용수철처럼 튀어 올랐다. 순식간에 굴속은 불길에 휩싸였다. 서서히 입구부터 굴이 무너지기 시작했다. 그러나 상삼은 피하지 않았다. 오히려 불꽃을 뿜어 내면서 마구 날뛰는 불덩이 칼을 지켜보고 있었다. 무너진 천장에서 세찬 비바람이 쏟아져 들어왔다. 칼은 그 비바람을 뚫고 날아올랐다. 상삼은 엉겁결에 손을 뻗어 칼을 움켜쥐었다. 상삼은 순식간에 불꽃에 휩싸였다. 그 순간 번개가 내리치듯, 알 수 없는 기운이 칼과 상삼을 스치고 지나갔다. 상삼은 돌멩이처럼 날아올랐다가 돌무더기 위에 내팽개쳐졌다. 그만 까무룩 정신을 잃고 말았다.

바위굴이 서서히 주저앉으며 송곳봉 한쪽 자락이 무너져 내렸다. 무너진 돌 더미 위로 진눈깨비가 쌓여 갔다.

새벽이 오고 있었다.

자욱하게 일어난 먼지를 진눈깨비가 천천히 가라앉혀 주었다.

여전히 비바람은 거세게 불었다. 가까스로 몸을 추스른 상삼은 고개를 흔들어 정신을 가다듬었다. 도무지 이해할 수 없는 일이었다. 무슨 일이 일어났는지 눈으로 보고도 알 수가 없었다. 깊은 꿈에 빠졌다가 깬 것 같았다. 주변을 살피면서 칼을 찾았다. 굴이 있던 자리는 커다란 둔덕으로 변해 있었다. 그 위로 흘러내린 돌과 바위들이 너덜겅을 만들고 있었다.

'칼, 칼을 찾아야 해.'

정신이 오직 칼에 가 있었다. 그런데 칼이 상삼을 부르고 있었다. 칼은 바로 송곳산 건너편 너덜겅 꼭대기에 꽂혀서 세찬 바람과 맞서고 있었다.

상삼은 주룩주룩 흘러내리는 돌덩이들을 간신히 밟고 바윗덩이에 몸을 의지하며 돌너덜을 기어올랐다. 손을 뻗어 칼을 잡았다. 그러나 칼은 꼼짝하지 않았다. 힘을 모아 칼을 뽑으려 애썼지만 허사였다. 더 기어오를 수밖에 없었다. 눈높이에서 자세히 보니 칼은 바위를 뚫고 깊이 박혀 있었다.

'바위에 박히다니.'

두 손으로 칼자루를 움켜쥐었다. 온몸의 힘을 끌어올렸다.

"욱!"

칼은 뽑히지 않고 칼을 물고 있는 바위가 들썩였다. 다시 제자리에 놓고 칼을 흔들어 보았다. 역시 칼은 꿈쩍도 하지 않았다. 대신 바위가 칼을 문 채 기우뚱거렸다. 그런데 바위 틈으로 빛이 흘러나오고 있었다. 상삼은 바위를 통째로 들어 올렸다. 그러자 기다렸다는 듯이 통로가 나타났다. 상삼은 바위를 짊어진 채 곧장 그 통로로 들어갔다. 그 속에는 대장간 도구들이 고스란히 옮겨져 있었다. 뿐만 아니었다. 예전부터 사람들이 살았던 흔적이 먼지를 뒤집어쓰고 있었다. 긴 통로는 신기하게도 송곳봉과 이어져 있었다. 송곳봉으로 난 굴 입구를 막고 건너편에다 입구를 새로 만든 꼴이었다.

'누군가가 도장의 눈을 피하기 위해 조화를 부린 게 분명해.'

낯설게 느껴지지 않았다. 칼을 물고 있는 바위를 맨 안쪽 반석 위에 올려놓았다. 어쨌든 칼부터 뽑아야 했다. 양 손바닥에 침을 묻히고는 칼을 움켜쥐고 다시 힘을 모았다. 그런데 무슨 조화를 부리는 것처럼 너무나 쉽게 뽑혀 올라왔다. 마치 진흙 속에서 꺼내는 느낌이었다. 바위를 만져 보았다. 진흙은 아니었다. 더구나 칼이 꽂혀 있던 자국은 흔적 없이 사라졌다. 칼을 들어 올려 바라보았다. 상삼과 눈이 마주치는 순간 마치 쇳물이 끓을 때처럼 칼은 붉게 달아오르기 시작했다. 그 붉은 기운은 점점 하얗게 변하더니 끝내는 투명하게 자기 모습을 감추어 버리는 것이었다. 상삼은 너무나 놀라운 광경에 칼을 놓아 버렸다. 반석 위에 떨어진 칼은 몇 차례 기우뚱거리다가 제자리를 잡았다. 눈이 부시던 빛은 천천히 사라져 갔다. 얼마 가지 않아서 빛을 잃은 칼은 뭉툭한 쇳덩이로 변했다. 상삼은 덜컥 겁이 났다. 어젯밤부터 일어난 일들이 믿기지 않았다. 그것보다 더 먼저 성인봉에 다녀온 뒤부터 칼을 만들려고 무작정 달려든 일까지 상삼의 의지가 아닌

것만 같았다. 누군가에게 등 떠밀려 한참이나 다른 세상을 다녀
온 느낌이었다.

"도대체 어찌된 일이야?"

상삼은 중얼중얼하며 칼을 다시 들여다보았다. 칼이 조화를
부릴 줄은 몰랐다. 굴이 무너진 것도 천둥이나 바람 탓이 아닌
것만 같았다. 생각이 점점 그렇게 흘러가더니 끝내는 두려움이
온몸을 감쌌다. 정신이 나갈 만큼 온몸이 떨려 왔다. 슬금슬금
뒷걸음을 치는데 엄청난 힘이 등을 떠밀었다. 뒤돌아보니 시커
먼 하늘이 눈을 부라리고 있었다. 언제라도 내리누를 태세였다.

"두려워 마라. 네가 소망한 일이니라."

어디서 나는지 알 수 없는 소리가 들렸다.

"내가 소망했다고?"

다시 벼락 치는 소리가 굴 안을 휘감았다. 거역할 수 없는 소
리였다. 고막이 찢어질 것만 같았다. 상삼은 귀를 감싸 쥐며 엎
어졌다.

얼마나 시간이 지났을까.

날이 완전히 밝아 오면서 정신이 조금씩 돌아왔다.

희미하게 상삼을 부르는 소리가 들렸다. 재환이었다. 재환은
무너진 굴 앞에서 상삼을 부르며 울부짖었다.

"형님! 누가 죽었소? 왜 울고 난리요?"

건너편 너덜겅 위에서 나타난 상삼을 재환은 한참 동안 바라보기만 했다. 긴가민가하여 눈을 닦고 다시 확인했다. 돌에 깔려 죽은 줄 알았던 상삼이 멀쩡하게 서 있었다. 간밤에 하늘과 바다가 뒤집어지고 땅이 요동쳤지만 송곳봉 자락이 무너진 줄은 몰랐다. 그런데 새벽에 와 보니 굴 입구가 사라진 것이었다.

　"용케도 살았구먼. 다행이야."

　상삼은 달리 대꾸할 말이 없었다. 지난밤에 일어난 일들이 거짓말 같아서 이야기를 하여도 믿어 줄 것 같지 않았다. 상삼도 돌무더기로 덮여 버린 굴을 돌아보았다. 스스로 생각해도 믿어지지 않았다.

　"우리도 아래에서 죽는 줄 알았네. 땅이 종잇장처럼 흔들리는데 정신이 없었다네. 땅과 하늘이 한 일인데 어쩌겠는가? 너무 걱정 말게. 덮여 버린 연장들은 내가 개척사에게 잘 말해 볼 테니. 그 칼도 이제는 잊어. 자네 생각은 가상했다마는 하늘의 뜻은 아니었던가 봐."

　재환은 무너진 굴과 그 위를 덮친 돌무더기를 바라보며 상삼을 위로하였다. 상삼은 간밤에 일어난 일을 말하지 않았다.

　그때 한 무더기 돌 더미가 굴렀다. 재환은 겁을 먹고 한쪽으로 몸을 피했다. 송곳봉을 올려다보는 것조차 겁이 났다. 다시 산이 무너져 내릴까 봐 조마조마했다.

"형님! 나무 실은 배는 떠났소?"

"그 비바람에 어떻게 떠나겠어. 괜히 우리 집에 와서 트집을 잡더구먼."

"우리가 바람을 불렀소, 비를 불렀소. 시비를 왜 우리에게 걸고 난리요? 날 찾지는 않았소?"

"왜 안 찾았겠는가. 비바람이 쳐서 농막 돌보고 거기서 잔다고 둘러댔네. 그랬더니 또 우리 입단속을 시키고 가더군. 개척사가 도착하기 전에 배를 떠나보내야 하는데 날씨가 이러니 안달이 나는가 봐."

" 개척사는 빨리 오실 것이지. 뭔 일로 이리 꾸물댄대요."

"그러게. 개척사가 오면 우리를 좀 덜 볶아 대려나."

개척민 박 서방

　개척민들이 속속 들어왔다. 그러나 정작 기다리는 개척사가 들어온다는 소식은 없었다. 그러는 사이에 1년이 지나가고 또 겨울을 맞았다. 사람 수가 늘어나는 만큼 도장의 횡포도 심해졌다. 나리분지의 좋은 땅을 미끼로 사람들을 노예처럼 만들었다. 말을 잘 듣지 않는 사람들에게는 비탈밭이나 돌밭으로 내몰았다. 재환에게는 나리분지 근처에 얼씬도 못하게 막았다. 나리분지 너머 숲으로 가는 길목과 왜선창 주변에는 그의 졸개들이 지키고 있었다. 일본 사람들 수도 점점 불어났으며, 그들은 도장의 보호로 활개를 치고 다녔다. 그러나 힘없는 우리 백성들은 찍소리도 못하게 하였다. 도장은 좁은 섬에서 왕처럼 굴었다. 그 위세는 하늘을 찌를 것만 같았다.

겨울 막바지에 마지막 개척민이 들어온다는 소식이 들렸다.

재환은 서둘러 태하로 넘어갔다.

"개척사를 만나서 섬 형편을 빨리 알려야지. 더 이상 견딜 수가 없어."

"형님, 개척사 붙들고 지난 일 년 지옥 같은 세월을 낱낱이 전하소."

상삼은 날로 포악해져 가는 도장의 횡포를 더 이상 견딜 수가 없었다. 재환이 말리기도 했지만 목숨을 구해 준 개척사의 뜻이 따로 있을 것만 같아서 지금까지 견디고 있었다.

이튿날 저녁 무렵에 태하로 나갔던 재환이 돌아왔다.

"쯧쯧쯧, 사동에서 사람 하나가 또 죽어 나갔다네."

재환이 집으로 들어서며 혀를 끌끌 찼다. 개척사 이야기는 꺼내지도 않고 엉뚱한 말을 구시렁댔다.

"사람이 죽다니, 배 사고라도 났소?"

투막집을 손보던 상삼이 천천히 허리를 폈다.

"도장 놈 손이 위태위태하더니 또 사람을 상하게 한 거래."

도장은 졸개들을 몰고 섬을 들쑤시고 다니며 사람들을 괴롭혔다.

"아이쿠, 답답해. 시원하게 말해 보슈. 이번엔 누구를 죽였소?"

"아우도 알잖아. 사동 박 서방. 우리가 섬에 들어온 첫날 만난 그 사람."

"그 박 서방? 그 사람을 왜?"

"도방포에도 일본 배가 들어왔는가 봐. 나무를 도방포로 옮기는 일에 이번에는 사동 사람들을 동원했는데 몸이 아픈 박 서방이 가지 않았던 모양이야."

"아픈데 어떻게 가. 품삯도 주지 않는 일에."

박 서방의 선한 얼굴이 떠올랐다. 도장의 횡포가 무서웠을 텐데 오죽 몸이 아팠으면 그랬을까 하는 생각이 들었다. 가슴이 아팠다.

"그 일로 밤중에 박 서방 집으로 들이닥쳐서 갖가지 트집을 잡고는 박 서방을 끌고 가서 그렇게 해 버린 모양이야."

상삼은 벌떡 일어서며 두 주먹을 움켜쥐었다. 온몸이 부르르 떨렸다. 혼자 남게 된 박 서방 아내와 아이의 겁먹은 얼굴이 떠올랐다. 그 얼굴 위로 하늘나라로 떠나보낸 아내와 아들이 겹쳐졌다.

"아, 아!"

어금니를 꾹 물면서 하늘을 올려다보았다. 하늘은 여전히 아무 대답도 해 주지 않았다. 답답한 가슴을 힘껏 두드렸다.

"형님! 그건 그렇고, 개척사는 들어왔소?"

"우리 소망대로 되는 게 없네."

"언제 온다는 말도 없었소?"

상삼이 개척사를 애타게 기다리는 이유를 재환도 알고 있었다. 기다림이 헛된 것만 같아서 박 서방 이야기부터 꺼냈던 거였다.

개척사는 이번에도 들어오지 않았다. 종사관이 마지막 개척민들을 이끌고 왔다. 일본 사람들은 점점 늘어나고 도장의 횡포는 날로 심해지는데 백성들 편에 서서 이를 막아 줄 개척사가 들어온다는 소식은 이번에도 없었다. 잘못하다가는 섬이 일본 사람 천지가 될 것만 같았다.

"종사관이 자네 안부를 슬쩍 묻더라."

"슬쩍 묻다니요, 그건 왜요?"

"내일이라도 한번 넘어가 보게. 그런데 말이야. 종사관도 도장의 눈치를 보는 것 같더라고."

"눈치를 봐요? 그게 무슨 말이오?"

"나도 그게 좀 이상했어. 그런데 오면서 곰곰이 생각해 보니 종사관은 뭍에서 들어왔으니까 아무래도 이곳에 대해서는 아무것도 모르잖은가. 또 도장에게는 졸개들만 수십이잖아. 개척사도 오지 않은 종사관은 혼자다 이 말이야. 육지에서 멀리 떨어진 이섬에서 종사관 하나가 죽어 나간들 뭍에서 어떻게 알겠어? 그냥 물에 빠져 죽었다면 그만이지. 종사관도 사람인지라 겁을 먹었다고 해야 되나? 어쨌든 그렇게 보였어. 자네가 한번 가 봐."

"말 같지 않소. 나라의 명을 받고 온 사람이 겁을 먹다니."

"법보다 주먹이 가까운 거야. 나라 법은 저 바다 건너 있고, 도장의 칼은 바로 턱밑에 있네. 그러니까 우리도 더욱 조심해야 해."

믿었던 개척사도, 종사관도 백성을 지켜 주지는 못할 것 같았다. 상삼은 더 말을 하지 않았다.

재환은 해가 지고 있는데 지게를 짊어지며 중얼거렸다.

"도장의 칼에 또 얼마나 많은 사람이 상하게 될지 걱정이야 걱정."

재환이 숲으로 사라진 뒤에 상삼도 집을 나섰다. 상삼의 마음처럼 산길이 어둑어둑했다.

'백성들의 하늘과 땅을 지켜 줄 칼!'

그동안 만들던 칼자루에 가죽을 붙여 볼 참이었다. 개척사가 그 칼로 백성들을 지켜 줄 날을 간절히 기다렸는데, 그 시간을 또 미루어야 할 것만 같았다.

너덜겅을 기어올라서 바위 문을 열자 긴 통로가 나서며 상삼에게 길을 열어 주었다. 상삼은 청솔가지를 바위틈에 끼워 넣고 불을 붙였다. 불꽃이 파란 별처럼 일어났다. 구석에 가지런히 놓여 있는 덩이쇠들을 쓰다듬었다. 곧 종사관에게 넘겨야 할 것들이었다. 반석 위에 놓인 칼 앞에 섰다. 스스로 생각해도 볼품은 없었다. 그러나 그날, 진눈깨비가 몰아치던 날 밤을 잊을 수가 없었다. 바다가 일어나서 송곳봉을 휘감아 올리고, 하늘이 번개와 진눈깨비로 쇳덩이를 내리쳤다. 빛으로 달구고 바닷물로 식히면서 만든 칼을 다시 송곳산에 내려놓았다. 두려운 마음으로 칼에 손을 얹어 보았다. 그날처럼 붉게 빛을 뿜어 내지는 않았다. 가만히 들어 올려서 가죽 손잡이를 끼워 넣었다. 칼자루를 잡아 보았다. 칼이 손아귀에 뿌듯하게 잡혀 왔다. 가만히 팔뚝에 힘을 주며 칼을 들어 가슴 앞에다 세웠다. 순간 칼이 부르르 떨리면서 그 떨림이 상삼의 온몸을 휘감았다. 놀란 상삼은 칼을 반석 위에 내려놓았다.

'아니야.'

상삼은 고개를 흔들었다. 잘못 느낀 거라고 생각을 고쳐먹었다. 그리고 애써 다른 생각을 했다.

'이 못난 칼을 좋아할까?'

상삼은 개척사를 생각했다. 칼이 못난 게 괜히 마음에 걸렸다. 그러나 이내 생각을 바꾸어 먹었다. 이 칼의 주인은 개척사이며, 도장의 칼과 맞서서 섬 백성을 지켜 줄 거라고 주문처럼 중얼거렸다.

"이게 다 뭐야?"

상삼은 기절할 만큼 놀랐다. 등 뒤에 언제 왔는지 재환이 서 있었다.

"형, 형님!"

"이거, 이거 어떻게 된 거야?"

재환은 믿을 수 없다는 얼굴이었다.

"어, 어떻게 여기를?"

상삼은 놀란 눈으로 재환을 막아섰다.

"산사태가 나서 굴이 무너진 건 다 거짓이었던 거야? 입구를 일부러 무너뜨리고 새롭게 통로를 만든 거야?"

"그날 일은 나도 알 수가 없구먼요. 하여튼 이 모든 일은 하늘의 조화였다고 생각하소."

제대로 설명할 자신이 없었던 상삼은 얼버무리고 말았다.

"칼은 이것이야? 이 연결 통로는 어떻게 된 거야? 아니야, 이 굴은 무덤 속, 아니, 아니 예부터 사람들이 살았던 거 같은데, 분명해."

재환은 너무나 놀라서 숨도 쉬지 않고 물어 댔다.

"아, 여기 앉아 보소. 따라온 사람은 없지요?"

상삼은 그동안 있었던 일을 죄다 이야기해 주었다. 이야기를 듣고 난 재환은 굴을 다시 둘러보았다. 두려웠다. 그리고 칼 앞에 섰다. 뭉툭한 것이 풀도 베지 못할 것 같았다.

"자네가 만든 것이니까 개척사님도 성의만큼은 고마워할 것이네.”

재환도 칼 모양을 보고는 칭찬 말을 할 수가 없었다.

“여기서 본 것은 절대 비밀로 지켜 주소.”

“알았네. 걱정 말게.”

“그건 그렇고, 아까 나무하러 산으로 가던데 어떻게 내 뒤를 밟았소?”

“나무나 한 짐 할까 하고 올라가는데 사동에서 널 만나겠다며 박 서방네 아이가 왔어. 그래서 부랴부랴 돌아오니까 자네가 저만큼 올라가더구먼. 소리쳐 불러도 못 듣고 가기에 따라왔네.”

“그랬군요. 그 아이가 나를 왜요?”

상삼은 또 무슨 일이 벌어진 것만 같아서 가슴이 ‘쿵’ 하며 내려앉았다.

“그 어린 게 자넬 만나자고 산을 넘어왔어. 그 도장이라는 놈이 박 서방 죽인 것을 덮으려고 빚을 갚으라며 애 엄마를 끌고 갔대. 도장이 딴 마음을 먹고 해코지하려는가 봐.”

“그 나쁜 놈을!”

상삼이 주먹을 쥐고는 부르르 떨었다.

“그뿐이 아니라네. 그 아이가 억울한 일을 종사관에게 알리려다가 졸개 놈들에게 잡혀서 그 어린 게 심한 매질까지 당했는가 봐.”

상삼은 더 듣고 있을 수가 없었다. 곧장 집으로 달려갔다.

"아제! 우리 엄마 구해 주세요."

상삼이 집에 들어서기도 전에 아이가 먼저 보고는 달려와서 상삼의 가슴팍에 안겼다. 아이는 바들바들 떨면서 서럽게 울었다. 아버지를 잃고, 엄마까지 끌려 간 뒤에 얼마나 무서웠을까. 졸개들에게 모진 매질을 당하고 산을 넘어올 때는 또 얼마나 무서웠을까. 상삼은 가슴이 미어졌다.

"마을에는 사람도 없었어?"

너무 화가 나서 버럭 소리를 질렀다.

"사람이 없어요. 모두 겁을 먹고는 꼭꼭 숨어 버렸어요."

상삼의 가슴 한쪽이 무너져 내렸다. 무서워 떨면서 관헌들에게 끌려갔을 아들 찬이와 아내의 얼굴이 떠올랐다.

'불쌍한 것!'

상삼은 아이를 와락 부둥켜안고는 같이 울었다.

학이 엄마

"형님! 나 다녀오겠소."

앞이 보이지 않을 만큼 어두웠다. 중봉을 넘어 사동으로 달려
갔다. 어떻게 하겠다는 계획도 없었다.

사동에 도착했을 때는 밤이 이슥했다.

숨어 있던 사람들이 모여서 웅성거리고 있었다. 어둠에 얼굴
을 숨긴 사람들이 마을에서 있었던 일을 조심스럽게 들려주었
다. 가만히 듣고 있던 상삼이 몸을 벌떡 일으켰다.

"사람부터 구합시다."

누구 하나 응해 오는 사람이 없었다. 도장의 위세에 기가 눌린
사람들은 도장과 마주 서는 것조차 두려워하고 있었다. 두렵기
는 상삼도 마찬가지였다. 그러나 학이 엄마가 도장의 칼날에 죽

을 수도 있다는 생각이 상삼을 일어서게 만들었다.

"아니, 내 말이 맞지 않소? 이렇게 앉아만 있을 거요?"

사람부터 구해 낸 뒤에 종사관에게 알리는 게 순서라는 생각이 들었다.

상삼이 어둠 속에 얼굴을 감춘 사람들을 둘러보았다. 사람들은 주춤주춤 어둠 속으로 물러서거나 고개를 돌렸다.

"도방포로 같이 갈 사람 없소?"

상삼이 두 손을 내밀며 사람들의 대답을 기다렸다. 그러나 아무도 나서지 않았다.

"정말 아무도 없소?"

"……"

겁에 질려 있는 사람들을 나무랄 일도 아니었다. 모두 딸린 가족을 걱정할 수밖에 없었다. 섣불리 나섰다가는 박 서방 꼴이 자신들의 모습이 될 수도 있다는 두려움이 그들을 짓누르고 있었다.

"엄마가 잡혀간 곳을 알아요. 도장과 졸개들이 머무는 곳도 제가 알아요."

애가 타던 학이가 나섰다.

"그래, 우리 둘만이라도 가자."

상삼은 도방포로 향했다. 아무튼지 부딪쳐 보기로 했다.

학이는 노루처럼 앞서서 산길을 탔다.

도방포에는 일본 집이 여러 채 있었다.

"저어기 저 집이에요."

해안에서 제법 올려다보이는 산허리에 번듯한 집을 가리켰다.

"아니 저게 도장 놈 사는 집이야? 사또가 사는 현청 같네."

"돈 많은 왜놈이 지어 주었대요."

상삼이 어금니를 꽉 물었다. 백성을 외면한 채 일본 사람과 손잡고 자기 뱃속을 챙기는 모습에 구역이 났다.

두 사람은 고양이처럼 소리 없이 도장의 집으로 다가갔다. 마당에 언뜻 사람 그림자가 일렁였다. 앞섰던 학이가 재빨리 몸을 낮추었다. 상삼도 그 곁에 가서 엎드렸다.

"넌 이제 돌아가."

상삼이 학이 등을 툭툭 쳤다.

학이가 도리질을 했다.

"아니요. 엄마를 구해야 해요."

"어린 네게는 위험해."

"엄마는 이미 위험한 곳에 있어요."

상삼은 학이 얼굴을 돌아보았다. 어두워서 제대로 표정을 읽을 수는 없었다. 그러나 쉽게 돌아갈 것 같지 않았다. 상삼은 더 말하지 않았다. 몸을 낮추고 담벼락 쪽으로 기어갔다. 상삼은 일렁이는 그림자를 확인해 보았다. 보초였다. 그는 천천히 마당을 오가다가 아래채에 딸린 창고 앞으로 가서 쪼그려 앉았다. 학이 엄마가 그곳에 갇혀 있는 게 분명했다. 보초의 움직임을 살피며 기회를 기다렸다.

밤이 이슥해지고 있었다. 보초는 졸음을 이기지 못하고 몽둥이를 어깨에 멘 채 꾸벅거렸다.

"넌 여기서 기다려."

상삼은 손바닥에 침을 바르고는 헛간 뒷담을 가볍게 넘었다. 추녀 밑 어둠에 몸을 숨긴 채 집 안을 살폈다. 잠깐 숨을 죽이며 기다렸다. 멀리 파도 소리가 그대로 들려올 만큼 고요했다. 보초가 별다른 움직임을 보이지 않았다. 상삼은 크게 숨을 들이키고는 고양이 걸음으로 보초에게 다가갔다. 모퉁이에 몸을 숨긴 채 다시 한 번 주변을 살핀 뒤에 보초를 덮치며 입부터 틀어막았다. 그러고는 바로 창고 안으로 끌고 들어갔다. 그 안에 또 한 놈이 있었다. 놀라서 벌떡 일어나는 놈을 나머지 한 팔로 목을 끼고는 꼼짝 못하게 제압했다. 창고 안에는 예상대로 학이 엄마가 묶여 있었다. 상삼은 옷소매를 찢어서 보초의 입을 막고는 둘을 한꺼번에 엮어서 꽁꽁 묶었다.

"놀라지 마소. 나는 댁을 구하러 온 사람이오."

학이 엄마를 안심시킨 뒤에 묶인 줄을 풀었다. 그러고는 밖을 살폈다. 인기척이 없었다. 상삼은 떨고 있는 학이 엄마 손을 꽉 잡았다.

"가만히 따라 나오소."

학이 엄마는 이내 정신을 가다듬고는 고개를 끄덕였다.

상삼은 헛간 뒤로 돌아가서 학이 엄마를 먼저 담 밖으로 내보내고 가볍게 몸을 날렸다. 담 밑에서 기다리던 학이가 엄마 품으로 달려들었다.

"엄마!"

"학아! 우리 학아."

그때 창고 쪽에서 소란스러운 소리가 들려왔다.

"도망갔어? 도망갔다고?"

상삼은 학이와 엄마를 데리고 담벼락 그림자 밑으로 천천히 움직였다. 이어서 계곡으로 내려서서는 비탈을 거슬러 올라갔다. 도장 집 대문이 열리면서 졸개들이 바다 쪽으로 달려가고 있었다.

"학아!"

잠깐 숨을 돌리며 걸음을 멈추었다.

"예. 아제."

"너와 헤어져야겠다. 네 걸음이 아주 빠르더구나. 그러니까 바닷길을 따라 마을로 돌아가거라. 저놈들을 유인하되 잡히면 안 된다. 그러고는 아무 일도 없었던 것처럼 집에 있어야 한다.

저놈들이 찾아와서 물어도 너는 그냥 집에서 엄마를 기다리고 있었다고만 해라."

"나도 엄마랑 같이 갈래요."

학이가 대뜸 엄마 팔에 매달렸다.

"저놈들이 틀림없이 네 엄마를 찾으러 집으로 올 것이야. 엄마가 집에 있다면 어떻게 될까. 다시 엄마는 잡혀갈 거야. 그러면 다시는 구할 수도 없어."

학이가 눈물을 훔치며 고개를 끄덕였다. 그러나 이번에는 학이 엄마가 학이를 붙들고 놓지 않았다.

"내 말대로 하소. 모두 살 수 있는 길이오."

졸개 한 무리가 우르르 몰려오는 소리가 들렸다.

상삼은 바위 뒤로 몸을 피하였다. 학이 엄마를 바위틈으로 밀어 넣고는 학이 등을 툭 쳤다.

"학아! 겁먹지 말고, 엄마는 내가 안전하게 지키마. 정 힘들면 신당 할매에게 가거라."

졸개들 발소리가 가까워지고 있었다.

"알았어요."

학이가 어둠 속으로 노루처럼 튀어 나가더니 이내 사라졌다.

"저기다! 저기 도망치는 놈이 있다."

앞에서 달려오던 졸개 하나가 소리쳤다. 졸개들이 학이가 달아난 쪽으로 우르르 쫓아갔다.

"이제 우리 차렙니다."

상삼이 학이 엄마의 손을 잡고 일어섰다. 발소리를 죽여 가며 숲길을 달렸다. 학이 엄마 발걸음이 자꾸만 늦어졌다. 졸개들이 되돌아오는 소리가 들렸다.

"안 되겠어. 조금만 실례하겠소."

상삼은 다짜고짜 학이 엄마를 어깨에 둘러멨다. 그러고는 나는 듯 산을 타고 올랐다. 산을 하나 넘고 나서 귀를 기울여 보니 쫓아오는 소리가 들리지 않았다. 그렇다고 걸음을 늦출 수는 없었다.

동쪽 하늘이 희붐하게 밝아 오고 있었다. 상삼은 걸음을 늦추며 학이 엄마를 내려놓았다. 바위에 걸터앉으며 숨을 몰아쉬었다.

"좀 쉽시다."

"고마워요. 정말 고맙습니다."

학이 엄마도 바위 옆에 앉으며 길게 숨을 내쉬었다.

'이제 어떻게 해야 하나?'

학이 엄마를 집으로 데려갈 수는 없었다. 뻔질나게 드나드는 도장의 졸개들에게 들킬 게 뻔했다. 그렇다고 사동에 있는 집으로 데려다줄 수도 없었다. 어쩌면 벌써 졸개들이 사동 집을 들쑤시고 있을 것만 같았다. 생각이 복잡해졌다.

"곧 날이 샐 것 같소. 그만 갑시다."

상삼은 엉덩이를 털고 일어났다.

그때 바람 소리를 따라 인기척이 났다. 상삼은 재빨리 학이 엄마를 잡고는 바위 밑에 엎드렸다. 일렁거리던 모습이 나타나더니 점점 가까이 왔다. 가만히 보니 재환이었다.

"형님! 어찌된 일이오?"

"그래, 구했구나. 자네 걱정에 한숨도 못 자고 도방포로 넘어가려고 나선 거야."

"고맙소. 그래도 날 생각하는 이는 형님뿐이오."

"이제 알았는가? 이제야 그걸 알았다면 섭섭하네."

두 사람은 마주 보며 웃었다. 오랜만에, 정말 오랜만에 웃어 보는 셈이었다.

세 사람은 천천히 산길을 내려왔다. 새벽빛에 멀찍이 집이 보였다.

"집에는 못 데리고 가네 알지?"

재환이 작은 소리로 말했다.

"알고 있소."

두 사람의 이야기를 알아챈 학이 엄마는 미안하고 또 불안했다.

상삼은 칼을 숨겨 놓은 바위굴을 생각하고 있었다.

"형님은 먼저 들어가소."

"그러면?"

재환이 걸음을 멈추고 뜨악한 눈으로 상삼을 바라보았다. 학이 엄마도 불안한 눈으로 상삼을 바라보았다.

"바위굴에 숨어 있는 게 좋겠소."

"바위굴이라……."

재환은 가만히 고개를 끄덕였다.

"학이 엄마는 날 따라오소."

하늘로 뚫린 바위굴로 학이 엄마를 데리고 갔다. 관솔가지에 불을 붙였다. 어둡던 굴 안이 밝아졌다. 그리고 불간에 불을 피웠다. 꽁꽁 언 학이 엄마의 몸을 녹여 주고 싶었다.

"이리 가까이 와서 몸부터 녹이소. 내 먹을 것 좀 가져오리다."

쭈뼛거리던 학이 엄마가 불 가까이 왔다.

상삼은 부리나케 집으로 가서 먹을 것과 마실 물을 챙겨 왔다. 그러나 학이 엄마는 걱정으로 물조차 마시지 못하였다.

학이 엄마를 언제까지 숨겨 둘 수만은 없었다. 상삼은 종사관에게 도장의 잘못을 알리고 패거리들의 횡포를 막아야겠다는 생각을 했다.

상삼은 날이 밝은 뒤에 태하 마을로 넘어갔다. 밤을 꼬박 새운 탓에 발걸음이 몹시 무거웠다. 그러나 머뭇거릴 수가 없었다. 도장의 잘못을 막지 않으면 학이네 가족과 같은 사고가 계속 일어날 게 뻔했다.

종사관

"나리! 백성들 얼굴을 보셨습니까?"

상삼이 종사관 앞에 무릎을 꿇었다. 종사관은 험한 뱃길에 따른 피로가 아직 풀리지 않은 얼굴이었다.

"백성들 얼굴? 보았지."

"그 얼굴들이 어떻게 느껴졌습니까?"

"이 외딴 섬에 들어와서 고생하는 얼굴을 난들 왜 모르겠는가."

상삼은 빙빙 돌리지 말고 바로 이야기를 해야겠다는 생각에 주위부터 살폈다. 방 안에 다른 사람은 없었다.

"나리! 백성들 얼굴이 어두운 건 고생 때문이 아니랍니다."

종사관은 자세를 고쳐 앉으며 상삼을 똑바로 바라보았다.

"그럼 뭐란 말인가?"

"백성들을 힘들게 하는 것은 따로 있소."

"그래, 그게 뭐란 말인가?"

"도장을 어떻게 생각하십니까?"

"도장?"

종사관은 가만히 도장의 모습을 떠올려 보는 듯 고개를 들어 천장을 올려다보았다.

"그자는 왜놈들과 짜고 섬 백성들을 괴롭히고 있소. 그 고통이 이만저만이 아닙니다."

종사관의 눈이 뚱그레졌다.

"어느 정도 듣고 들어왔다마는 백성을 괴롭히는 건 뭐고, 왜놈들과 짠 것은 또 뭔가?"

"자세한 것까지는 모르신다는 말씀입니까?"

종사관은 고개를 가로저으며 상삼에게 눈을 부릅떴다.

"도장은 나라에서 임명한 자리일세. 자네가 그를 해치려고 말을 꾸미는 건 아니겠지? 더구나 도장에 관한 일이라면 자네 말만 듣고 처리할 수는 없는 것이야. 개척사가 오시면 몰라도 나는 개척사를 돕는 사람일 뿐이야."

종사관도 생각이 복잡해지는 모양이었다. 고개를 절레절레 흔들었다.

동남쪽 바다에 있는 울릉도, 죽도, 독도를 개척하기 위하여 임금님이 개척령을 내렸다. 이에 따라 도장은 일본 세력을 몰아내는 데 앞장서야 될 사람이었다. 그런데 우리 백성을 돌보아야 할 도장이 오히려 왜놈들과 거래를 하고 있다니 종사관은 믿을 수가 없었다. 그렇다고 상삼의 말을 흘려들을 수도 없었다. 개척사가 종사관에게 백성들의 소리를 귀담아듣고 오라는 명령을 내렸기 때문이었다.

　"나리, 도장의 칼에 다치고 죽은 백성이 여럿이고요. 그저께도 백성 하나가 죽었소. 그 처를 끌고 가기도 했고요. 도장을 그냥 두시면 이런 일이 계속 이어질 겁니다."

　"사람이 죽어? 끌고 간 여자는 어떻게 되었는가?"

　"저어 그 여자는……."

　상삼은 말하지 않았다. 당분간은 비밀로 하는 게 안전할 것 같았다. 잘 모르겠다는 표정을 지어 보이며 얼버무렸다.

　"증거가 있어야 할 텐데, 그 증거를 개척사께 보여야 방법이 생길 것 같은데…… 그 증거를 찾을 수 있겠는가?"

　그렇게 말하면서 종사관은 쉽지 않겠다는 듯이 또 고개를 절레절레 흔들었다.

　그때 문밖이 소란스러워졌다.

　"종사관 계시오?"

귀에 익은 목소리였다. 도장과 그 졸개들이 몰려온 게 분명했다. 상삼이 벌떡 일어나 몸을 숨길 만한 곳을 찾았다. 빠져나갈 곳이 보이지 않았다.

"그냥 있게."

종사관이 가만히 손을 들어 상삼을 곁에 서 있게 했다.

방문이 벌컥 열리면서 도장이 들어섰다.

"아니, 네놈은!"

종사관 옆에 서 있는 상삼을 쩨려보았다. 상삼은 도장과 눈을 마주치지 않으려고 고개를 돌려 외면했다.

"내가 전할 말이 있어서 불렀소."

"전할 말이라니요?"

도장은 종사관의 말이 뜻밖이라는 얼굴을 하였다.

"그렇소. 개척사께서 들어오시면 이 사람을 호위 무사로 쓸 생각이오."

"아직 들어오지도 않은 개척사 호위 무사라니."

"미리 준비를 해 두어야지요. 그건 그렇고 백성들이 도장을 원망하는 소리가 들리던데."

종사관은 슬쩍 말머리를 돌렸다. 도장 얼굴이 굳어졌다.

"어느 놈이 그런 말을? 저놈이오?"

도장은 손가락을 들어 상삼을 가리켰다.

"왜 화를 내고 그러시오? 들리는 소문을 그냥 물어본 것뿐이오."

도장은 상삼을 노려보았다. 이번에는 상삼도 눈길을 피하지 않았다.

"점점 많아지는 조선 사람과 마구 들어와 날뛰는 일본 사람을 다스리는 게 어디 쉬운 줄 아시오?"

도장의 목소리는 낮아지지 않았다. 더욱 기세등등하여 할 말을 다하였다. 허리에 찬 칼자루를 움켜쥐면서 얼굴까지 붉혔다.

"분명히 말하지만 종사관이나 개척사가 하는 일과 이 도장이 하는 일은 다르다는 겁니다. 나는 이 섬을 다스리는 사람이오. 그러니까 이곳 사람들의 일은 내 관할이오."

그러나 종사관도 뒤지지 않았다.

"무슨 소리요. 개척사는 임금님을 대신하여 이 섬을 새롭게 하려는 분이오. 당신과 비교할 수 없는 높은 분이라는 것을 분명히 말합니다."

그러자 도장은 슬쩍 한 발을 뺐다.

"당신이 개척사는 아니잖소. 그러니 내가 하는 일에 '감 놔라 대추 놔라'는 소리는 마시오. 이 섬에서 당신의 일이나 잘 처리하고 돌아가시오."

도장은 이 섬에서는 무서울 게 없다는 투였다.

"오늘은 어쩐 일로 오셨소?"

"섬에서 밥이나 잘 드시나 싶어 왔지요. 그런데 와서 보니 저 놈이 알아서 잘 챙기겠네요."

종사관에게 건방지게 말을 함부로 내뱉고는 졸개들을 데리고 나가 버렸다.

"종사관님!"

멍하니 앉아 있는 종사관을 상삼이 다가가서 불렀다.

"저자의 태도는 나라 법이 너무나 멀리 있는 탓일세."

종사관은 도장의 태도가 몹시 불쾌하였다.

"어쩌면 좋지요?"

"증거를 찾아보게. 은밀히."

종사관도 도장과 그 졸개들의 기세등등한 칼 앞에서는 어쩔 수가 없는 모양이었다.

납치된 아이들

상삼은 태하 선창에서 한참 동안 서쪽 수평선을 바라보았다. 수평선 너머 뭍을 생각했다. 바닷물이 무심하게 밀려왔다가 다시 밀려갔다.

섬으로 들어온 지 어느새 2년이 지나가고 있었다. 이제는 뭍으로 돌아갈 수도 없었다. 그런 생각마저 접을 수밖에 없었다. 마음을 다잡았다.

'증거를 찾아보게. 은밀히!'

종사관의 말을 떠올렸다. 참으로 막막했다. 그러나 이 섬에서 살려면 도장의 횡포를 막아야만 했다.

문득 간밤에 헤어진 학이 생각이 났다. 걸어가기에는 너무나 지쳐 있었다. 마침 사동 가는 배편이 있었다. 배에는 대나무가 잔뜩 실려 있었다. 상삼은 대나무 위에 올라가서 누웠다. 바닷바람은 귀를 찢을 것처럼 차가웠다. 대나무 단 사이로 파고들어갔다. 조금 아늑해졌다. 간밤에 한숨도 자지 못하고 긴장했던 탓인지 배가 천천히 선창을 벗어나면서 물결을 따라 흔들리자 스르르 잠이 들었다.

사공이 상삼을 흔들었다.

"빨리 일어나 보시오. 큰일 났소."

웅성대는 소리에 깜짝 놀라서 후딱 몸을 일으켰다.

"저기 저놈이 돼지, 그놈 맞지? 당장 이리 끌고 와."

도장의 말에 졸개들이 선창으로 달려왔다.

'저놈들이 언제 여기까지 왔지?'

생각지도 않았던 일이 벌어졌다. 도장 패거리들이 사동에 와서 버티고 있었다.

"빨리 끌고 와!"

도장이 재촉하기 무섭게 졸개들이 배 위로 뛰어오르더니 상삼의 두 팔을 꺾었다. 자다가 일어나서 정신을 차릴 겨를도 없이 끌려갔다. 바닷가 좁다란 공터에는 마을 사람들이 모두 끌려 나와 있었다.

"제 발로 찾아왔군. 네놈이 여기까지 온 이유가 무엇이냐? 간밤에 우리 집에 침입한 도둑이 분명 네놈이렷다. 네놈이 맞지? 그렇지?"

도장이 상삼의 턱 밑에다 칼을 들이밀고는 힘을 주었다.

바위 벼랑에는 피투성이가 된 채 한 사람이 묶여 있었다. 졸개 하나가 서서 피투성이가 된 사람의 고개를 세워 상삼을 보게 했다.

상삼은 하마터면 소리를 지를 뻔했다. 학이였다. 어린아이를 얼마나 모질게 매질을 했는지 몸을 가누지 못하였다.

'이 죽일 놈들!'

상삼의 어금니에서 '빠직' 하는 소리가 났다.

"바로 저놈이지?"

학이의 머리를 쳐든 졸개가 소리쳤다. 그러나 학이는 말을 하지 않았다. 고개만 절레절레 흔들었다. 졸개가 받치고 있던 손을 떼자 다시 고개가 푹 떨어졌다. 혹시 죽은 것은 아닌지 덜컥 겁이 났다.

도장이 천천히 상삼의 이마를 밀어 고개를 들게 했다. 졸개 하나가 상삼의 정강이를 내리쳤다. 무릎이 꺾이면서 주저앉고 말았다. 졸개들이 양쪽에 붙어서 어깨를 내리눌렀다.

"네놈이지?"

"뭔 말이오?"

상삼은 시치미를 뚝 뗐다. 학이를 보며 무슨 일이 있어도 버티어야 한다고 생각했다. 몽둥이가 날아들었다. 피가 튀어 올랐다. 그러나 상삼은 매질을 묵묵히 견디어 냈다. 피투성이가 되어도 끝내 말하지 않았다. 참고 또 참았다.

"네놈을 죽일 수도 있어."

도장은 다시 칼을 상삼의 목에 가져다 댔다. 천천히 칼끝이 목을 파고들었다. 피가 칼끝으로 모여서 방울방울 떨어졌다. 마을 사람들이 겁에 질려 비명을 질렀다.

"이 섬에서 그런 덩치를 가진 놈은 네놈뿐이야. 어제 우리 집에 와서 여자를 빼내 간 놈이 네놈이지?"

"……"

얼마나 맞았을까, 상삼은 정신을 잃고 말았다.

가까스로 정신을 차렸을 때는 어두워진 뒤였다.

마을 사람들이 둘러서서 상삼을 들여다보고 있었다.

"정신이 드시오?"

몸을 움직여 보았다. 온몸이 쓰리고 아팠다. 일어나다가 '끙' 소리를 내며 푹 고꾸라졌다. 다시 몸을 추스르고는 벼랑에 묶여 있던 학이부터 찾았다.

"그 아이는 어떻게 되었소?"

"학이 말이오? 학이도 조금 전에 깨났소. 사람이 아니야. 어떻게 그 어린 것을…… 놈들은 왜선창으로 넘어갔어요."

"뭐라고? 왜선창으로?"

상삼은 벌떡 일어났다. 학이 엄마가 걱정이었다. 온몸이 부서지는 것처럼 아팠다. 다시 푹 고꾸라졌다. 그러나 참고 다시 일어섰다. 몸을 이리저리 움직여 보았다. 걸을 수 있을 것 같았다.

"이런 몸으로 산을 넘겠다고요?"

마을 사람들이 말렸다.

"학이를 잘 부탁해요."

마을 사람들에게 거듭 학이를 부탁했다. 집으로 찾아가서 학이를 보고 싶었으나 나리 마을 일이 걱정이었다. 놈들이 왜선창으로 갔다면 나리 마을 사람들을 괴롭힐 게 뻔했다. 더욱이 바위 굴 안에 숨겨 놓은 학이 엄마도 안심할 수가 없었다.

길가에 선 나뭇가지를 하나 꺾어서 지팡이를 만들었다. 걷기가 한결 좋아졌다.

"아제! 잠깐만요."

어둠 속에서 절뚝거리며 한 아이가 달려왔다. 학이였다.

"몸을 추스르지 왜 나왔어?"

상삼은 절뚝거리며 달려온 아이를 덥석 끌어안았다. 학이도 상삼의 허리를 꽉 부여잡았다.

"미안하다, 미안해."

부둥켜안은 채 자꾸만 등을 쓸어 주었다. 학이 어깨가 들썩였다.

"아제가 왜 미안해요, 제가 미안하지. 엄마는요?"

"엄마는 무사하다. 곧 만나게 될 거다. 그러니 넌 집에서 기다려라."

"내 걱정 마세요. 아제도 그런 몸으로는 산을 넘지 못해요. 내가 배를 내올 게요."

"배가 있어? 배가 있다면 좋지."

학이는 닻줄을 풀고는 배를 물로 밀었다.

"기어이 같이 가려고?"

"엄마를 빨리 보고 싶어요."

상삼은 더 말리지 않았다. 돛을 올리자 배는 바람을 타며 바다 위를 미끄러져 갔다.

"걱정 많이 했지? 겁도 나고."

상삼은 학이 어깨를 끌어당겨 꼭 안아 주었다.

"이제부터 아제에게 꼭 붙어 있을 거예요."

"그건 또 무슨 소리야?"

"아제 옆에 있으면 모든 걱정이 다 사라질 거 같아요. 우리 아버지, 엄마가 잡혀갈 때 마을 사람들은 다 겁먹고 도망갔어요. 그런데 아제는 도망가지 않았잖아요. 아제만이 내 말을 들어주고, 내 편이 되어 주었어요."

학이는 몹시 떨고 있었다. 흑흑대는 학이의 흐느낌은 상삼의 가슴을 아프게 했다.

"그래, 그래, 그러렴."

다른 말은 할 게 없었다. 그저 가만히 어깨를 안아 주기만 하였다.

상삼은 학이의 어깨를 감싸 안은 채 밤하늘을 올려다보았다. 그렇게 무심하던 별도 보이지 않았다. 이 아이를 어떻게 지켜 줄 것인가. 놈들에게는 칼이 있었고, 뒤에는 총을 가진 왜놈들이 버티고 있었다. 밤하늘처럼 캄캄했다.

"이번에 우리 엄마를 구해 주시는 걸 보고 몇몇 마을 사람들은 아제가 앞장서면 같이 따르겠다는 말도 했어요."

"다 쓸데없는 소리다. 나는 앞장서서 뭔 일을 할 사람이 못 된다."

"왜요?"

"배운 게 있어야지. 지금까지 한 거라고는 풀무질과 쇠메를 치거나, 아니면 나무나 다듬은 게 다야. 또 나는 동학군이었다. 동학당 알아? 반란 잔당인 셈이지. 그러다가 가족을 다 잃었단다. 나는 매가리가 없는 사람이야."

학이에게 한 말이라기보다 상삼은 스스로에게 푸념을 늘어놓은 거였다. 말을 하면서도 마음은 편하지 않았다. 무자비한 칼날

앞에 종처럼 살아가는 섬 백성들을 보면서도 용기 있게 나서지 못하는 자신이 참으로 한심하기도 했다.

학이는 어둠 속이지만 어깨를 감싸 주는 상삼의 모습을 가만히 뜯어보았다. 우람한 곰이나 바윗덩이 같았다. 오랜만에 느껴 보는 따뜻한 품이었다.

배는 벌써 태하 마을과 대풍감을 돌아서 북쪽 해안을 따라가고 있었다.

"나를 태워 주었다고 또 매질 당하면 어쩌지?"

"이제부터는 가만히 맞고만 있지 않을 거예요."

학이는 자리에서 일어나 노를 힘껏 움켜잡았다. 노 손잡이가 얼음처럼 차가웠다. 뱃전에도 온통 얼음이었다. 그러나 학이는 움켜쥔 노를 내려놓지 않았다.

"어떻게 하려고?"

"싸울 겁니다. 아버지처럼 맥없이 죽지도 않을 겁니다. 이렇게 사는 것은 죽는 것보다 못해요."

"어린아이가 그런 말을 하면 못써."

어둠 속이라서 학이의 얼굴빛을 읽을 수는 없었지만 씩씩대는 거친 숨소리가 상삼의 가슴을 아프게 했다.

상삼은 또 캄캄한 하늘을 올려다보았다. 구름이 잔뜩 덮여 있었다. 아무것도 보이지 않았다. 하늘도 얼어붙은 것 같았다. 그저 모든 게 막막하였다. 노인봉과 송곳봉이 어둠 속에 앉아 있었다. 무엇 하나 뚜렷해 보이는 게 없었다.

현포 해안을 지나면서 학이 엄마가 생각났다. 굴속에서 어떻게 보내고 있을까 걱정이었다. 혹시 들키지는 않았는지. 생각나는 게 모두 막막한 걱정뿐이었다.

졸개들 눈에 띄지 않도록 왜선창과 멀리 떨어져 으슥한 곳에다 배를 숨겼다.

없는 길을 만들며 으슥한 산길을 탔다. 바위와 숲을 헤치고 도둑처럼 간신히 집으로 들어갔다.

"아우인가?"

상삼은 엉덩방아를 찧을 만큼 놀랐다. 재환이 축담 구석에 앉았다 일어섰다.

"나는 귀신인 줄 알았소. 아직 자지 않고……."

"자는 게 뭔가. 온 마을이 발칵 뒤집어졌네."

겁에 질린 목소리였다. 가슴이 먼저 철렁 내려앉았다.

"또 뭔 일이오? 말 좀 해 보소."

상삼은 주위를 둘러보고는 재환 앞으로 바짝 다가섰다.

"우리 집 두 아이가 잡혀갔어. 그뿐 아니야. 마을 아이들을 다 쓸어가 버렸어."

"예에! 아이들을요? 왜요, 무엇 때문에 아이들을 잡아가요?"

도장과 그 졸개들이 갑자기 들이닥쳐서 학이 엄마를 내놓으라며 마을을 휘저었다. 뿐만 아니었다. 남자들을 모조리 밭둑에 끌어내서는 몽둥이찜질을 했다. 영문도 모른 채 매타작을 당하는 마을 사람들을 보면서도 재환은 입을 열 수가 없었다. 입술을 악물며 참아 냈다.

도장은 창고를 지키던 졸개 둘을 제압하고 여자를 빼내 갈 사람은 상삼뿐이라고 믿고 있었다. 보초를 서던 졸개들도 큰 덩치로 보아서 상삼이 틀림없다고 말했다. 그러나 상삼이 사동 마을에서 입을 열지 않자 도장은 나리 마을로 넘어와서 행패를 부린 것이었다.

"아이들을 인질로 끌고 갔다 이 말이오?"

"왜놈들에게 팔아 버리겠다고 을러대며 끌고 갔어요."

"날이 밝으면 배가 떠날 거라고 그랬어요."

"우리 아이들 데려오소."

언제 왔는지 우데기 밖에서 엄마들이 몰려와서 울부짖었다.

"우리가 입을 열지 않자 이리로 와서 백성들을 괴롭혔네요."

학이가 다른 사람에게 들리지 않을 만큼 작은 소리로 말했다.

마을 사람들이 모여들었다. 축담과 우데기 밖에서 사람들이 울부짖었다. 죽을 만큼 두들겨 맞고 겨우 살아 돌아왔다고 생각했는데 더 큰일이 기다리고 있었다.

"어떻게 좀 해 봐요."

마을 사람들이 상삼에게 따지듯 대들었다.

"어떻게 할 건가?"

재환의 눈빛이 애처로웠다.

"으흠."

상삼은 억새 발을 들추고 밖으로 나왔다. 성인봉을 올려다보았다. 어둠과 안개에 묻혀 봉우리는 보이지 않았다.

"알았소. 내 어떻게 해 보겠소. 그러니 다들 물러가서 기다리소."

마을 사람들을 돌려보낸 뒤에 송곳봉 기슭 바위굴 방향으로 길을 잡았다. 바위굴 앞에서 걸음을 멈추고 뒤를 돌아보았다. 학이가 따라오고 있었다. 뭘 좀 먹여야 한다는 생각을 까맣게 잊고 있었다.

"이제 그만 집으로 돌아가."

"우리 가족 때문에 생긴 일인데 도망가면 사람이 아니지요."

"……."

상삼은 학이를 물끄러미 바라보았다. 상삼에게 들으라고 하는 말은 분명 아니었다.

"제가 아제 곁에서 도울게요."

상삼은 할 말이 없었다. 아이들을 구하러 가겠다는 소리도 하지 않았는데 학이는 벌써 상삼의 결심을 재촉하고 있었다. 주변을 살피며 조심조심 뒤따르던 재환이 다가와서 속삭였다.

"그 사람 걱정은 마. 음식은 몰래 넣어 주었네, 아는 사람도 없고."

상삼은 생각했다. 도장과 그 졸개들, 어림잡아도 이삼십 명은 족히 되고도 남았다. 그들은 모두 왜놈의 칼을 갖고 있었다. 왜 놈들은 총과 곡식과 귀중품으로 그들을 조종하고 있었다. 그러나 더 이상 주춤거릴 수는 없었다. 마을 사람들의 아픔을 외면할 수가 없었다.

바위굴 앞에서 다시 주변을 둘러보았다. 어느 것 하나 조심스럽지 않은 게 없었다. 몸을 잔뜩 움츠리고 안으로 들어갔다. 관솔불이 흔들렸다. 인기척을 느낀 학이 엄마가 그림자 안으로 몸을 숨겼다.

"괜찮구먼요. 이리 나오소."

느릿한 상삼의 말에 학이 엄마가 불 곁으로 나왔다.

"엄마!"

학이가 먼저 엄마를 보고 달려가서 안겼다. 엄마도 학이를 부둥켜안으며 울음을 터뜨렸다. 그 모습을 물끄러미 바라보던 상삼이 돌아섰다.

"학이는 여기 있어라."

117

"나도 갈게요."

"어허, 위험하다니까."

"우리 땜에 아이들이 잡혀갔잖아요."

"아니, 우리 땜에 애먼 아이들이 고초를 당하다니. 이를 어째."

학이 엄마는 어찌할 바를 몰라 두 손으로 얼굴을 감싸며 주저앉았다.

"이 일이 어디 학이 엄마 때문이오. 다 왜놈하고 붙어먹은 도장 때문이지."

상삼이 학이 엄마를 위로했다.

"날이 새겠다. 가 봐야지."

재환이 상삼에게 눈치를 주었다. 상삼은 뚜벅뚜벅 연장이 놓인 쪽으로 걸어갔다. 손에 들기에 만만한 쇠메를 하나 골랐다.

"자, 갑시다. 형님은 마을 사람들을 데리고 왜선창으로 바로 가시오. 학이는 여기 엄마 곁에 있고."

"아니요. 나는 아제와 함께 갈 거예요."

학이가 엄마 손을 놓고 일어섰다.

"그 무거운 쇠메를 들고 어쩌려고요?"

학이 엄마가 상삼을 불러 세웠다.

"싸워야지요. 아이들을 찾아야지요."

상삼이 쇠메를 어깨에 멨다.

"무거운 쇠메는 들고 다니다 지치겠어요. 이건 언제 쓰려고 버려두는 거예요?"

학이 엄마는 칼을 집어 들었다. 그런데 칼이 달라 보였다. 칼날이 청솔가지 불빛을 받아서 파랗게 번쩍였다.

"어떻게 된 거요?"

상삼은 칼을 받아 들고는 눈앞에다 반듯하게 세워 보았다. 파랗게 일어선 날에서 지지직거리며 불꽃이 일었다.

"제 목숨을 구해 준 은혜를 무엇으로 보답할까 살펴보았더니 칼을 벼르다가 됐더군요. 그래서 혼자 있으면서 쉼 없이 칼을 갈았답니다."

"개척사께 드릴 칼인데 내가 쓸 수는 없소."

상삼이 칼을 내려놓자 재환이 재빨리 말리고 나섰다.

"칼을 들게. 아우가 칼을 만들 때 무슨 생각이었는가?"

"백성을 지켜 주는 칼을 만들겠다고 했지요."

"그렇다면 백성, 그중에서도 가장 연약한 우리 아이들이 칼날 앞에 있는데 그들을 구해야지. 누가 쓴들 어떻겠나. 칼의 주인인 개척사는 오지 않았네. 날선 칼을 그때까지 버려두는 게 옳다고 생각하는 겐가? 칼은 누가 쓰느냐보다 무엇에 쓰느냐가 더 중요해. 어서 들게."

재환의 목소리에는 간절한 마음이 녹아 있었다. 상삼은 더 이상 거부할 수가 없었다.

상삼은 칼을 다시 잡았다. 학이 엄마는 그 사이에 안에서 두꺼운 보자기를 가지고 나오더니 칼을 고이 싸서 상삼의 등에다 단단하게 묶어 주었다.

"부디 무사하도록 도와주세요."

학이 엄마가 상삼의 등 뒤에서 두 손을 모았다.

굴 밖으로 나오며 상삼이 재환의 등을 밀었다.

"헤어집시다. 형님은 마을 사람들을 선창으로 데리고 와서 소란을 피우소."

아직 어둠이 남아 있었지만 푸르스름한 새벽빛이 돌고 있었다.

상삼과 학이는 배를 숨겨 놓은 곳으로 달려갔다.

다행히 안개가 자욱했다.

큰 바위 뒤에 배를 붙이고는 주변을 살폈다. 멀리 왜선창이 보이고 나무를 싣고 갈 덴쥬마루, 천수환이 보였다. 바로 그 배 안에 아이들이 잡혀 있었다.

상삼은 오른손을 위로 뻗어 등에 묶인 칼자루를 꽉 쥐며 크게 숨을 들이마셨다. 손아귀가 든든해지면서 온몸에 힘이 실렸다.

"학아! 될수록 멀리 돌아서 저놈의 배 꽁무니에다 우리 배를 붙여라."

학이는 익숙하게 노를 저었다. 상삼이 탄 배는 낮았기 때문에 조금만 나가도 안개 속에 배가 묻혔다. 배가 천수환 뒤로 다가갈 무렵 왜선창에서 울부짖는 소리가 들렸다. 마을 사람들이 벌써 몰려온 모양이었다. 간간이 도장 패거리의 고함 소리도 들렸다.

"우리는 죽어도 못 물러간다. 우리 아이들 내놔라."

"그러니까 그 여자를 데려오라고!"

"우리는 여자를 모른다. 아이들을 내려보내라."

"이것들이 아직도 더 맞고 싶다 이 말이지?"

몽둥이 내려치는 소리, 비명 소리가 안개 너머에서 어지럽게 들려왔다.

학이가 노를 조절하면서 배를 천수환 뒤에 바짝 붙였다. 마침 선미 닻줄이 눈앞에 얼른거렸다.

"저걸 타고 오르면 되겠구먼? 넌 여기서 기다리다가 아이들이 내려오면 받아라. 들키지 않게 조심조심, 알았지?"

"내 걱정은 마세요."

"그럼 여기서 누구 걱정을 할까? 들키지 않게 조심하라 이 말이야."

"근데 아제가 올라갈 수 있겠어요?"

학이가 상삼의 덩치를 보며 고개를 절레절레 흔들었다.

"내 덩치가 너도 걱정되냐? 죽기 살기로 올라가야지."

굵고 실한 밧줄을 찾아서 어깨에 멘 상삼이 닻줄에 매달렸다. 대롱대롱 매달려 올라간다는 게 쉬운 일은 아니었다. 한 발 올라가면 한 발이 미끄러졌다. 날은 점점 밝아 오고 손은 살점이 떨어져 나갈 만큼 시린데 온몸은 땀으로 젖어 갔다. 밧줄에 대롱대롱 매달린 채 숨을 헐떡였다. 손을 놓고 그냥 바다로 떨어져 버리고 싶었다.

"아제! 안 되겠소. 내가 올라가는 게 나을 거 같아요."

보다 못한 학이가 소리 죽여 말했다.

"말도 안 되는 소리 마라."

그럴 수는 없었다. 왜놈들이 득실거리는 배 위로 학이를 보낼 수는 없었다. 아들 찬이처럼 학이를 죽음의 손에 넘길 수는 없었다. 이를 다시 악물었다. 간신히 절반쯤 올랐을 때 정말 더는 움직일 수가 없었다. 모든 기운이 다 빠져나간 느낌이었다.

상삼은 외줄에 매달린 채 하늘을 올려다보았다. 아직 짙은 안개가 하늘을 가리고 있었다.

"도와주소. 저 아이들을 그냥 버리시겠소? 저 아이들을 구할 수 있게 도와주소."

정말 간절한 마음으로 빌었다. 순간, 등이 뜨거워지면서 강한 진동이 느껴졌다. 칼이 요동치고 있었다.

'아니, 이게 뭔 일이야?'

뜨거움은 점점 온몸으로 번져 나가면서 그 뜨거운 기운이 상삼의 양 어깨를 천천히 밀어 올렸다. 상삼은 다시 힘을 내어 팔을 위로 뻗었다. 한 번, 두 번…… 몸이 쑥쑥 당겨 올라갔다. 뱃전에 팔을 걸고는 한숨 돌리며 갑판 위를 살폈다. 모두 아래쪽 선창에 신경을 쓰느라 선미 쪽을 보는 눈은 없었다. 두 팔에 힘을 주며 몸을 뱃전으로 끌어올릴 참이었다. 그런데 힘을 쓸 겨를도 없이 몸이 스르륵 갑판 위로 가볍게 올려졌다.

가득히 쌓인 통나무 뒤로 몸을 숨기고는 아이들이 있을 만한 곳을 찾았다. 아이들을 빨리 구출해야 한다는 생각뿐이었다. 먼저 조심스럽게 선실 안으로 들어가서 천천히 계단을 따라 내려갔다. 선실 칸이 매우 많았다. 그 선실을 일일이 살폈다. 나무를 실어 나르는 배였기 때문에 구조는 의외로 단순했다.

아이들은 맨 아래 선실에 갇혀 있었다. 문이 단단한 끈으로 묶여 있었다. 끈을 풀어내고 안으로 들어갔다. 아이들이 한꺼번에 울음을 터뜨렸다. 시용이가 훌쩍이며 달려와서 안겼다. 손가락을 입에 갖다 대며 급히 울음을 막았다.

"모두 내 말 잘 들어. 다 구해 줄 테니까. 조용, 조용히. 큰 아이들은 작은 아이들을 업거나 손을 잡아 주면 좋겠다. 조용히, 빨리 도망쳐야 한다."

그 말이 끝나기 무섭게 큰 아이들이 동생을 업거나 손을 움켜쥐었다.

"그래, 고맙다."

먼저 도망치려고 설치지 않고 동생들을 챙기는 모습이 가슴을 짠하게 했다. 좁은 통로를 따라서 발소리를 죽이며 올라갔다. 계단을 돌 때마다 마음속으로 '다행이다. 고맙습니다.'를 되뇌었다. 갑판이 눈앞에 나타났다. 상삼은 아이들을 한 번 돌아보고는 고개를 내밀어 밖을 살폈다. 두런거리는 소리가 곁에서 들렸다. 일본 말이었다. 지나갈 것 같던 그들이 오히려 문 앞으로 와서 서성댔다. 마음이 조마조마했다. 문을 밀고 들어올 것만 같았다. 더 이상 기다릴 수가 없었다. 먼저 밀치고 뛰어나가는 게 나을 것 같았다.

"애들아! 나가자마자 바로 오른쪽에 가면 굵은 밧줄이 기둥에 매달려 있을 거야. 그 밧줄을 타고 아래로 뛰어내리는 거야. 겁먹지 말고."

상삼은 심호흡을 한 번, 두 번 했다. 아이들도 상삼을 바라보며 바짝 긴장했다.

"하나, 둘, 셋!"

문 앞에 있던 선원들 입을 틀어막고는 조타실로 끌고 들어갔다. 갑자기 당한 일이라서 그들은 비명도 못 지르고 캑캑거렸다.

"애들아, 빨리!"

아이들이 우르르 선미로 달려갔다.

이를 확인한 상삼은 선원 둘을 조타실 구석에다 꽁꽁 묶었다. 그런 뒤에 고개를 쳐드는데 조타실 계기판 위에 서류 몇 장이 집게에 꽂혀 있었다.

'벌채 승인 및 반출 허가증'

"이것은!"

다시 읽어 보았다. 맨 밑에는 '울릉도 도장 전석규'라고 적혀 있었으며, 그 옆에는 붉은 도장까지 찍혀 있었다. 종사관이 말하던 증거, 바로 그 증거가 될 수도 있을 거라는 생각이 퍼뜩 들었다.

"전석규! 백성과 나라를 팔아서 배를 불리는 놈."

상삼은 분한 나머지 주먹을 쥐고 부르르 떨다가 조타실 계기판을 내려쳤다. 조타기를 비롯하여 기계 장치들이 우지끈하는 소리를 내며 무너졌다. 서류를 작게 접어서 허리춤에 질러 넣었다.

"아이들이 도망친다아!"

그때 일본 선원들 소리가 들렸다. 아이들을 발견한 모양이었다. 선원들이 아이들 쪽으로 몰려가는 소리도 들렸다.

상삼은 조타실 문을 밀치고 나와 바로 갑판 위로 뛰어내렸다. 아직 아이들은 다 빠져나가지 못하고 있었다. 선원들과 아이들 사이에 버티고 섰다.

"네 이놈들! 어림없다."

두 팔을 벌리고는 고함을 질렀다. 놀란 선원들이 주춤거렸다.

"잘 만났다. 우리 배에 몰래 들어온 네놈은 분명 도둑이렷다."

선원들 뒤에서 선장이 칼을 빼 들며 소리쳤다.

"네놈이 이 배 선장이야? 나를 도둑이라고 했겠다. 그래 좋다. 누가 도둑인지 어디 한번 가려 보자. 남의 땅에서 나무를 훔쳐가는 네놈들이 도둑이냐, 우리 아이들을 구하러 온 내가 도둑이냐? 분명히 말하는데 아이들을 납치한 네놈들은 흉악범이렷다!"

상삼은 평소답지 않게 말이 쏟아져 나왔다. 그러고는 지체하지 않고 맨 앞에 선 선원 둘의 뒷덜미를 잡아서 가볍게 들어 올렸다. 대롱대롱 매달린 그들을 안개 자욱한 바다로 내던져 버렸다. 상삼의 힘에 놀란 선원들이 주춤거리며 한 발씩 뒤로 물러났다.

"이리 가까이 오너라. 한 놈씩 조선의 바다, 짠물 맛을 보여 주마."

상삼이 천천히 다가가서 뒷걸음치는 한 놈을 또 잡아 올렸다.

"살려 주시오."

"저 아이들이 그런 말을 했을 때 네놈들은 어떻게 하였느냐?"

바다로 가볍게 던져 버렸다. 앞으로 떠밀려와 있던 선원 하나가 선실로 도망쳤다. 그러자 기다렸다는 듯이 우르르 그 뒤를 따라 모두 달아나 버렸다. 갑판 위에는 상삼과 선장 둘만 남았다. 선장은 여전히 칼을 치켜든 채 상삼을 노리고 있었다. 그러나 선뜻 앞으로 나오지는 않았다. 상삼도 선장의 눈을 쏘아보며 그의 빈틈을 노렸다.

"아제, 빨리 와요. 다 내려갔어요."

언뜻 돌아보니 시용이가 밧줄을 잡고 뱃전에 서 있었다. 갑판에 다른 아이는 보이지 않았다. 다 내려간 모양이었다.

상삼은 선장에게 겁을 먹이고 싶다는 생각이 슬며시 일어났다. 오른손을 들어 등에서 칼을 뽑았다. 선장의 칼에 비하여 거칠기 짝이 없는 모양이었다. 두 손으로 칼자루를 움켜쥐고는 칼날이 선장을 향하도록 높이 쳐들었다. 해가 뜨면서 바람이 안개를 몰아내고 있었다. 아침 햇살을 받은 칼날이 파랗게 번뜩였다. 칼날에서 활시위 소리가 났다.

"이잉, 이잉."

선장이 흠칫 놀라며 칼을 쳐다보았다. 순간, 공격 자세가 느슨해지면서 틈을 보였다.

상삼은 들고 있던 칼을 휘둘렀다. 언뜻 옆을 보니 선원들이 선실 창에 붙어 서서 두 사람이 겨루는 모습을 보고 있었다. 조금 우쭐해지는 기분이 들었다. 선장도 만만치는 않았다. 칼을 비켜 막고는 반격해 왔다. 상삼이 몸을 빙그르르 돌려 선장의 칼을 피하며 그 칼을 내리쳤다. 그런데 칼이 그대로 말을 듣지 않았다. 상삼의 생각과는 달리 칼은 제 멋대로 허공을 베고 있었다.

'아니, 이게 뭐지?'

칼이 춤추듯 흔들렸다. 상삼은 칼을 제압하지 못하고 술 취한 사람처럼 비틀거렸다. 선장은 그 기회를 놓치지 않았다. 상삼을 향해 칼을 내리쳤다. 간신히 몸은 피했지만 그만 칼을 떨어뜨리고 말았다. 상삼의 칼이 갑판에 떨어져 미끄러지더니 선장의 발 앞에서 멈추었다. 선장은 재빨리 칼을 밟더니 구석으로 밀어 버렸다. 선장이 칼을 들고 천천히 다가왔다. 뒷걸음치던 상삼은 엎친 데 덮친 격으로 통나무에 걸려 넘어지고 말았다. 더 물러설 수도 없었다. 그제야 선원들이 갑판으로 몰려나왔다. 선장은 선원들이 보는 앞에서 상삼을 내려칠 자세를 취했다.

'아, 이제 끝이구나.'

상삼은 눈을 질끈 감았다.

"아제! 나무를 들어요."

시용이가 소리쳤다. 상삼은 엉겁결에 옆에 누워 있는 통나무 하나를 번쩍 들었다. 선장의 칼날이 통나무에 깊숙이 박혔다. 선장이 칼을 빼려고 할 때 상삼은 통나무를 멀리로 던져 버렸다. 그 바람에 선장도 함께 나가 떨어졌다.

도망쳐야 한다는 생각뿐이었다. 막 돌아서는데 저만큼 칼이 보였다. 칼을 버려두고 갈 수는 없었다. 얼른 칼을 챙기고는 마구 뛰었다. 선미에서 바다로 뛰어내리기 전에 닻줄을 내리쳤다. 어른의 팔뚝보다 두꺼운 밧줄이 단박에 잘려 나갔다. 배가 심하게 흔들렸다. 그때까지 시용이가 밧줄에 매달려 있었다. 시용이를 번쩍 들어서 왼쪽 겨드랑이에 끼고는 바다로 뛰어내렸다.

"줄사다리를 내려! 물에 빠진 선원들을 구하여라."

선장의 고함 소리가 들렸다. 이어서 허둥거리는 선원들의 발소리도 들렸다.

"선장님! 조타실이 망가졌어요!"

"뭐라고!"

상삼은 학이가 기다리는 배에 오르며 쿨럭쿨럭 바닷물을 토해 냈다.

"아이들 다 내려왔어?"

학이도 물을 뒤집어쓴 것처럼 젖어 있었다.

"다 내려왔어요."

시용이가 대신 대답했다. 학이가 재빨리 배를 뒤를 물렸다.

"서둘지 마라."

상삼이 여유를 되찾았다.

"뭔 소리 하세요. 저 배 보세요. 우릴 덮칠 거 같은데."

고개를 들어 보니 천수환이 뒤로 밀리고 있었다. 갑판 위에서는 선원들이 배를 멈추게 하려고 허둥대고 있었다. 닻줄을 끊어 버리고 조타실을 망가뜨렸기 때문에 배를 제어할 수가 없었다.

"먼 바다로 돌아서 태하로 가자."

"이 아이들을 데리고요?"

"그래. 저기 바닷가를 보아라. 저 도장 졸개들에게 우리 아이들을 또 넘길 수는 없잖아."

학이가 해안을 건너다보았다. 도장과 졸개들이 칼을 치켜들고는 소리, 소리 지르고 있었다. 마을 사람들은 또 한데 몰려서 만세를 부르고 있었다. 천수환은 물결을 따라 바다 가운데로 밀려가고 있었다.

"얘들아! 무서웠지? 이제 걱정 마라."

아이들 얼굴이 환하게 밝아졌다.

증거

"아제! 일어나세요. 다 왔어요."

"내가 깜박 잠이 들었구나."

"아제만 잔 게 아니라 아이들도 다 꿈나라 갔어요."

"이 추운 날씨에 네가 혼자 고생했구나."

"아유, 코 고는 소리가 바다를 뒤덮었다고요."

"거짓말 마라. 코 고는 소리가 그랬다면 아이들이 저렇게 달 게 자겠냐?"

둘이서 떠드는 바람에 아이들이 하나둘 일어났다. 그러고 보니 이틀 동안 한숨 못 자고 섬 이쪽저쪽을 오고 갔다. 아이들도 추위와 두려움에 떨며 잠을 설쳤을 게 뻔했다.

상삼은 닻줄을 끌어 배를 섬으로 끌어올렸다.

아이들도 차례로 섬으로 올라왔다.

"어디 안전한 데로 가서 아이들 요기를 시켜야 할 텐데."

상삼이 두리번거리자 학이가 나섰다.

"그런 일은 제게 맡기세요."

"그래. 어디 좋은 데라도 있느냐?"

"암요. 걱정 마세요."

"어디가 좋겠냐? 나는 급한 일이 있어서 말이야."

"황토구미로 가야지요."

아이들을 황토구미에 데려다 놓고 학이에게 다시 아이들을 부탁했다. 상삼도 갑자기 허기가 몰려들었다. 그러나 머뭇거릴 수가 없었다. 종사관을 만나러 달려갔다. 도장이 추격해 오기 전에 마쳐야 할 일이 있었다.

"무슨 일이 일어났느냐? 온통 물을 뒤집어쓰고."

아무 것도 모르고 앉아 있는 종사관이 원망스러웠다. 그동안 있었던 일을 일일이 이야기할 시간이 없었다.

"증거, 증거입니다."

천수환에서 가져온 '벌채 승인 및 반출 허가증'을 내밀었다.

"이게 뭐지?"

태평스럽다고 할 만큼 종사관은 무심하기만 했다.

"도장의 악행이 여기에 있습니다. 한번 보소."

찢어지지 않게 조심조심 종사관 앞에 펼쳐 놓았다. 물에 젖어 있었지만 글자는 살아 있었다.

"으흠, 울릉도는 무역을 할 수 있는 항구도 아니고, 도장은 이런 허가를 내 줄 자격이 없는 사람인데……."

종사관은 고개만 절레절레 흔들 뿐 별다른 말을 하지 않았다.

"불법이 맞지요? 더욱이 울릉도 삼림을 베서 왜놈에게 넘기는 데 우리 백성을 강제로 동원하고 있다 이 말입니다. 이번에 사동 마을 박 서방이 죽은 것도 그 일에 고분고분 따르지 않는다고 죽인 거랍니다. 그뿐만 아닙니다. 그 사람 처를 강제로 납치했고요. 그렇게 죽은 백성이 한둘이 아니랍니다. 우리가 몰라서 그렇지 행방불명이 된 우리 백성들은 대부분 산으로 끌려가서 벌채를 하다가 죽은 거라고 보아도 될 것입니다. 도장의 음모를 막아야 백성이 살 수 있습니다. 이번에는 아이들까지 납치하여 왜놈에게 팔아넘기려고 했다고요."

흥분한 상삼은 벌벌 떨고 있었다. 얼어붙었던 옷이 녹으면서 물이 뚝뚝 떨어지기도 했다. 그러나 종사관은 선뜻 뭐라고 말을 하지 못하였다. 종사관은 도장을 두려워하고 있는 게 분명했다. 자기 할 일인 개척민들을 정해진 마을로 돌려보낸 뒤에 뭍으로 나가 버리면 그만이라는 생각을 하고 있었다. 내일이라도 날씨가 좋으면 떠날 채비를 해 놓고 있었다.

"도장의 말로는 나무 값으로 곡식을 받아서 백성들에게 나누어 준다고 했는데."

"그 말을 믿습니까? 백성들에게 강제로 일을 시키고는 식량 한 톨도 그저 준 적이 없소. 높은 이자로 그대로 다시 거둬 갔다고요. 말썽이 나니까 그렇게 핑계를 댄 거라고요."

종사관은 도장과 맞서기보다 무사히 이 섬에서 빠져나가고 싶어 하는 눈치였다.

"그러면 이렇게 하세. 내가 내일 이 증표를 가지고 뭍으로 나가서 개척사에게 전하겠네. 내가 무사히 섬을 떠날 수 있도록 지켜 주게나."

상삼은 종사관의 겁먹은 얼굴을 가만히 바라보았다. 백성보다 자신의 안전을 먼저 생각하고 있었다. 화가 치밀어 주먹을 날리고 싶었으나 꾹꾹 눌러 참았다.

"그러지요. 섬을 떠날 때까지 지켜 드리지요."

상삼이 약속을 하자 꾸덕꾸덕 말라 가던 증표를 접어서 상자 속에 넣었다.

"개척사께 드릴 것들이네."

종사관은 어색하게 웃으며 상자 뚜껑을 덮었다.

상삼은 종사관을 믿어야 할지 말아야 할지 마음이 마구 흔들렸다. 아이들은 어떻게 하고 있는지 궁금하기도 했다. 그러나 곧 도장 무리들이 닥칠 것 같아서 종사관 곁을 떠날 수도 없었다.

"그렇게 서성거리고 있으니 내가 일을 할 수가 없네. 저쪽에 가서 옷이나 말리게."

종사관이 화롯불을 가리켰다.

"잠깐 다녀오겠습니다."

옷 말릴 여유가 없었다. 막사를 벗어나 태하 마을로 들어오는 길목을 살폈다. 조용하기만 했다. 아이들이 있는 곳으로 갔다 와도 될 것 같았다.

황토구미에 몸을 숨긴 아이들은 학이가 구해 온 음식을 나누고 있었다.

"아제도 같이 드세요."

"음식은 어디서 구했느냐?"

"성하신당 할매가 주셨어요."

학이가 숟가락을 건넸다. 자꾸만 조바심이 일어서 음식이 넘어갈 것 같지 않았다.

"나는 됐다. 아이들이나 먹여라. 도장 패거리가 곧 닥칠지도 모르니까 꼭꼭 숨어 있어야 한다. 알았지?"

상삼은 학이에게 단단히 이르고는 선걸음에 종사관 막사로 다시 돌아왔다.

예상대로 막사 앞에는 이미 도장 졸개들이 와서 버티고 있었다. 상삼이 들어서자 졸개들이 칼을 빼 들고는 앞을 막아섰다. 막사 안에서는 도장의 고함 소리가 들렸다.

"그놈을 내놓으시오. 그놈은 이 섬의 일을 훼방 놓은 자요."

그러자 종사관이 느긋하게 말을 받았다.

"좀 전에 다녀갔소만, 그자가 무슨 일을 어떻게 방해했다는 거요?"

상삼은 걸음을 멈추지 않았다. 성큼성큼 막사로 다가가며 맨 앞에 선 졸개를 칼등으로 내리쳤다. 졸개 하나가 픽 쓰러졌다. 졸개들이 놀라서 주춤거리는 사이에 막사 문을 밀치고 안으로 들어섰다.

"도장님! 그놈 들어갑니다요."

졸개 중 하나가 소리쳤다.

상삼은 막사 안으로 들어선 뒤에 문을 잠그고는 종사관 옆에 가서 섰다. 전과는 달리 당당하게 들어서는 상삼을 보고는 도장의 얼굴에는 순간 당황하는 기색이 스쳤다. 더구나 상삼의 손에 칼이 들려 있었다.

"나를 잡아가시겠다고?"

상삼은 도장의 얼굴을 똑바로 바라보았다. 밖에서 졸개들이 문을 열려고 허둥댔다. 문은 꿈쩍도 하지 않았다.

"종사관, 저놈을 내게 넘기시오."

종사관도 마음을 다져 먹은 모양이었다.

"이 사람이 무슨 잘못을 저질렀소?"

"좀 전에도 이야기했잖소. 일을 방해한 놈이라고."

"도대체 어떤 일을 방해했다는 말이오?"

종사관 모습이 달라져 있었다. 상삼을 믿고 있었다.

"종사관, 정 이렇게 나올 거요!"

도장이 버럭 소리를 질렀다.

"왜 말을 못 하시오? 나무를 왜놈에게 팔아넘기는 일을 방해했다는 거요, 아이들을 팔아넘기려는 것을 방해했다는 거요? 아니면 백성들을 벌목장에 강제로 동원하고 끝내는 죽인 일을 방해했다는 거요? 말해 보시오."

당당해진 종사관의 말에 도장이 당황하는 낯빛을 보였다. 씩씩대며 그가 칼을 세웠다. 상삼도 맞서서 칼을 뽑았다. 상삼의 칼이 파랗게 불꽃을 일으켰다. 칼이 꿈틀거리며 손에서 빠져나가려고 하였다. 상삼은 칼자루를 힘껏 움켜쥐었다. 칼의 기세에 도장이 풀이 죽는 눈치였다.

"종사관! 두고 봅시다. 이 섬에서 누구의 말을 들어야 살 수 있는지를 똑똑히 보여 주겠소."

도장은 칼을 휘둘러 허공을 한차례 베고는 문을 박차고 나갔다. 졸개들이 그 앞으로 우르르 모였다.

"잘 들어. 지금부터 종사관이나 저 돼지 같은 놈을 이곳에서 한 발짝도 내보내면 안 된다. 홍 서방, 너는 도방포로 가서 우리 사람들을 다 데려와."

씩씩대며 한바탕 싸움을 벌이겠다는 투였다.

상삼이 삐딱하게 넘어진 문짝을 바로 세워 닫았다.

"괜찮겠는가?"

종사관은 그제야 길게 숨을 내쉬며 긴장을 풀었다. 긴장이 풀려서 그런지 두 손을 떨고 있었다.

"내일 떠나시려면 저 칼날을 피하여 바다로 나가야 하는데……."

"저놈들의 칼날을 뚫어야 한다고? 아서라. 바다로 가기 전에 먼저 저승으로 가겠구나. 낭패야, 낭패."

종사관은 지레 겁을 먹고 안절부절못했다.

상삼도 막막했다. 조심스럽게 창을 열고 바깥을 살펴보았다. 막사 앞은 물론 담을 따라가며 둘씩, 셋씩 무리를 지어서 막사를 지키고 있었다. 졸개들 허리에는 모두 칼이 한 자루씩 매달려 있었다. 마을 사람들은 겁을 먹고 아예 막사 근처에는 얼씬도 하지 않았다. 종사관을 따라온 관리들도 막사 안에 갇힌 신세가 되었다. 내일 떠날 배를 손보느라 선원들은 부두에 내려가 있었지만 그들과는 연락을 할 수도 없었다. 연락을 한들 종사관을 빼내 갈 뾰족한 방법이 없었다. 그들은 싸움을 모르는 관리와 사공들이 었다.

도장은 종사관을 뭍으로 내보내지 않을 작정이었다. 그들이 저지른 악행을 모두 알게 된 종사관이 뭍으로 나간다면 자신이 온전치 못할 것이라는 것을 잘 알고 있었다. 그래서 그는 기를 쓰며 종사관을 막으려 들었다. 여차하면 목숨까지 빼앗을 작정 이었다.

"빠져나갈 곳은 북쪽뿐인데……."

막사 북쪽은 급한 산비탈이었으며, 빽빽한 대나무 숲이었다. 그곳을 택한다고 하여도 몸이 날래지 못한 종사관은 담을 넘기 도 전에 잡힐 게 뻔했다. 천장만 바라보며 한숨을 쉬고 있는데 밖에서 인기척이 났다.

"종사관님, 밥상 들어갑니다."

찬모가 상을 들고 들어왔다.

"이보게, 밥이 더 있는가?"

밥상을 앞에 놓은 종사관이 물었다.

"예, 있습니다만."

"가져오게. 사람이 둘인데 혼자 먹을 수는 없잖은가?"

찬모가 나가자 상삼이 무릎을 쳤다.

"무슨 좋은 생각이라도?"

"예, 지금 나간 찬모는 믿을 만하나요?"

종사관은 어리둥절한 얼굴로 상삼을 바라보았다.

"믿을 만하고 말고가 있는가. 저놈들과는 다른 사람이네."

"하늘이 무너져도 솟아날 구멍이 있다는 말이 맞소."

상삼이 두 주먹을 움켜쥐고는 방 안을 빙빙 돌며 좋아했다.

잠시 뒤에 찬모가 바로 밥 한 그릇을 갖고 들어왔다.

"아주머니, 부탁 하나 들어주소. 황토구미에 가면 학이라는 아이가 있을 거요. 아무도 모르게 이리로 오라고 전해 주소. 대나무 숲을 타고 와서 몰래 북쪽 담을 넘어오라고 말이오. 그곳에 아이들을 숨겨 두었는데 걱정이 되어서 견딜 수가 없소. 아이들은 이 추위에 어떻게 하고 있는지도 살펴봐 주소."

상삼은 밖에서 알아채지 못하게 빠르게 속삭였다. 찬모도 달리 이유를 묻지 않았다.

"알았어요."

"저놈들이 내보내 주지 않을 텐데."

종사관이 걱정스런 얼굴로 고개를 저었다.

"걱정 마세요. 선원들 밥 주러 나가야 해요."

찬모는 의외로 침착했다. 고개를 끄덕이며 방을 나갔다.

"그래, 그래. 들키지 말고."

종사관이 걱정스러워 거듭, 거듭 주의를 주었다.

"밥이나 먹읍시다. 먹어야 갇혀 있든, 탈출하든 할 거잖소."

"아, 그렇지. 밥이 들어왔지."

상삼은 밥을 보자 허기가 몰려왔다.

이따금씩 씩씩대는 도장의 고함 소리만 들릴 뿐 막사는 조용
하였다.

불안하고 초조했지만 시간은 흘러가고 있었다.

학이

　구름이 잔뜩 내려와서 날씨조차 찌뿌둥했다. 차가운 바람이 대숲을 흔들어 댔다.

　찬모가 찻상을 들고 들어왔다.

　"어찌 되었소?"

　상삼이 상을 받으며 물었다. 찬모는 밖을 슬쩍 훔쳐보고는 찻상을 제대로 놓는 척하며 말을 꺼냈다.

　"어두워지면 오겠다고 했어요."

　"아이들은요?"

　찬모는 눈을 똥그렇게 뜨며 대답했다.

　"근데 아이들은 없었어요."

　"예에!"

상삼은 가슴이 덜컥 내려앉았다. 아이들이 도장 패거리에게 잡힌 것만 같았다.

"자, 자. 차를 마시며 생각하자고."

종사관이 상삼의 손을 잡아 곁에 앉혔다.

"아이들이 없어졌다잖소."

"기다려 보세. 나쁜 일이 또 생기겠는가?"

"종사관님은 걱정도 안 됩니까요?"

"별일 없을 걸세. 도장이 아이들을 잡아갔다면 한 아이는 왜 남겨 두었겠는가? 걱정할 일은 아닌 것 같네."

"하긴 그 말씀도 일리가 있네요."

"그건 그렇고, 내가 곰곰이 생각해 보았는데 저놈들이 두려워하는 것은 내가 뭍으로 나가는 일이야. 그러니 내가 움직이는 것을 한사코 막고 있잖은가? 내가 여기 머물러 있으면 나를 지키느라 다른 일을 꾸미지는 못할 거 아니겠나?"

종사관은 마음을 바꾸어 먹었다. 섬을 떠나지 않는 대신 저들 모르게 조사한 악행들을 개척사에게 전할 궁리를 하고 있었다. 그러면서 개척사가 들어올 때까지 시간을 끌어 보자고 하였다.

상삼은 덥석 종사관의 손을 잡았다. 내빼려던 종사관이 생각을 바꾸어 준 게 너무나 고마웠다.

"고맙습니다. 정말 고맙습니다요."

만약 종사관이 내일이라도 떠나 버리고 나면 섬은 완전히 도장의 천지가 될 것이고, 상삼의 목숨도 어떻게 될지 알 수가 없었다. 백성들은 모두 벌목장에 강제 동원될 것이고, 얼마나 많은 사람들이 또 죽어 나갈지 알 수가 없었다. 종사관이 버티고 있으면 도장이 마구 날뛰지는 않을 것 같았다. 그러나 그것도 임시방편일 뿐 백성을 구하는 완전한 방법은 되지 못하였다.

"그나저나 개척사님이 빨리 오셔야 할 텐데."

종사관의 말끝에 상삼은 고개를 갸웃거렸다.

"저 증표는 어떻게 전하지요?"

증표를 빨리 개척사에게 전해야만 했다. 개척사가 들어와서 도장을 몰아내야 섬 백성이 제대로 숨을 쉬며 살아갈 수 있을 것 같았다.

"내가 여기서 버티는 사이에 누군가가 몰래 뭍으로 나가면 좋은데…… 그런 사람을 찾을 수 있겠는가?"

"대신 나갈 사람이라……."

"어른으로서 할 말은 아니네만 자네가 기다리는 그 아이는 어떤가?"

"학이를 보낸다고요? 아, 안 돼요!"

"달리 믿을 만한 사람도 없고, 도장의 감시를 피할 수 있는 사람을 찾기도 어렵고……."

상삼은 거세게 고개를 저었다.

"다른 방법을 찾아보자고요."

말은 그렇게 했지만 시간이 흐를수록 상삼도 학이를 기다리고 있었다. 다른 방법이 떠오르지 않는 게 한스러울 따름이었다.

밤이 이슥해지고 있었다. 막사 안에 종사관과 단둘이 마주앉은 상삼은 몹시 초조하였다. 이따금 종사관의 헛기침만 있을 뿐, 서로 말이 없었다.

막사 마당에는 졸개들이 환하게 모닥불을 피워 놓고 둘러앉아 있었다.

상삼이 길게 한숨을 내쉬며 천천히 일어나 주먹으로 이마를 툭툭 쳤다. 천장이 내려앉은 것처럼 답답했다. 그때 북쪽 창을 조심스럽게 두드리는 소리가 났다. 아주 작았지만 분명히 두드리는 소리였다. 종사관도 벌떡 일어서며 창문으로 몸을 돌렸다. 상삼이 다가가서 창문 고리를 벗겼다.

"종사관님! 찻물을 준비해 왔습니다. 들어가도 되겠습니까?"

문 앞에서 찬모 소리가 크게 들렸다.

"…… 으응, 그러시게."

종사관이 일부러 크게 대답을 했다. 상삼도 문고리를 잡은 채 고개를 돌렸다. 문이 열리고 찬모가 찻상을 들고 들어왔다. 종사관과 눈이 마주치자 눈을 껌벅였다. 뭔가 준비하라는 신호였다.

"밤이 되니까 바람이 많이 찹니다. 따뜻한 차를 드시고 주무세요."

"그, 그러지."

찬모는 상을 바닥에 놓자마자 불을 문 앞으로 옮겨 놓아 그림자가 문밖으로 나가지 않게 하였다.

"찻물 식겠어요. 오늘은 제가 차를 한번 만들어 올릴게요."

애써 소리를 크게 하며 찻잔도 일부러 부딪쳐 달그락거리는 소리를 만들었다. 종사관과 상삼도 헛기침을 하며 찻상 가까이 앉았다. 상삼과 종사관은 찻잔을 들어 차를 마셨다. 찬모가 뒤창을 힐끗하는데 창이 들리며 사람 하나가 소리 없이 넘어왔다. 학이였다.

"아제!"

"하, 학아!"

찬모가 슬그머니 일어나더니 밖으로 나가서 댓돌 위에 서서 소리쳤다.

"보소, 보소. 아제들! 이제 불 좀 꺼 주소. 우리 종사관님도 주무셔야 하지만 우리들도 잠자야 할 거 아니오. 불도 끄고 좀 멀찍이 벗어나 주면 좋겠네요."

밤이 깊어서 그랬을까. 그 말에 그들도 선선히 따라 주었다. 모닥불도 끄더니 한 사람만 남겨 두고 바람을 피할 만한 곳으로 가서 누웠다. 그 모습들을 보면서 찬모는 일부러 커다란 소리로 말했다.

"눈이 참 곱게도 내리네. 그런데 조금 오고 그칠 눈이 아니네. 도방포 나가려면 나발등 넘어가기가 힘들 텐데."

나발등은 태하에서 도방포로 넘어가는 고갯길이었다. 잘못하다가는 도방포로 돌아가지 못할 거라고 넌지시 졸개들에게 겁을 주고 있었다. 돌아가지 못하면 꼼짝 없이 눈밭에서 겨울을 지낼 수밖에 없었다.

"학아! 애들은?"

학이가 주변을 살피고는 납작 엎드렸다.

"아이들은 모두 집으로 돌아갔어요. 마을 사람들이 배를 가지고 바로 따라왔더라고요."

"그래, 그래. 잘됐다. 다른 소식은?"

천수환은 수리하느라 한 달 안에는 못 돌아갈 거라고 했다. 일본으로 가서 기계 부품을 가지고 올 때까지는 꼼짝 못할 거라고 했다.

"그때까지는 아이들 걱정을 하지 않아도 될 거예요."

학이는 씽긋 웃었다. 그런데 천수환 선장이 상삼에게 꼭 복수하겠다며 벼르고 있다는 말도 전했다.

"그 말은 누가 전해 주었어?"

"마을 사람들을 불러 놓고 엄포를 놓았대요."

상삼은 그 말에 허허 웃고 말았다. 종사관도 고개를 끄덕이며 피식 웃었다.

"너는 왜 가지 않고 있었더냐?"

"저는 아제와 함께하기로 했잖아요. 오실 때까지 기다릴 참이었어요."

기다려 준 게 너무나 고마웠다. 그러자 종사관이 곁눈으로 바깥 움직임을 살폈다.

"누구라도 문을 열고 들이닥치면 저 아이까지 잡히겠어. 그래, 어쩔 것인가?"

종사관이 상삼을 재촉했다.

상삼이 학이에게 다가앉았다.

"내 네게 부탁이 있다."

"뭐든지 말씀하세요."

학이가 상삼을 올려다보며 눈을 반짝였다.

"힘든 일인데 지금은 너밖에는 할 사람이 없구나."

"예, 좋아요."

학이가 오히려 무릎걸음으로 다가들었다. 어린 학이에게 뭍으로 나갔다 오라는 말이 나오지 않았다. 기다리던 종사관이 대신 말하였다.

"네가 뭍에 나갔다 와야겠다."

학이는 의외로 담담했다.

"종사관님을 모시고 가는 거예요?"

종사관이 고개를 저었다. 그러자 '그럼 누구와?'라는 표정을 지었다.

"너 혼자. 물론 사공들은 있지만."

"예, 다녀올게요. 자신 있어요."

상삼은 학이의 얼굴을 똑바로 볼 수가 없었다. 고개를 돌리고 있는 사이에 종사관이 뭍으로 나가서 해야 할 일들을 알려 주었다.

바깥에서 졸개들의 수런거리는 소리가 들려왔다. 느긋하게 이야기할 수가 없었다. 종사관은 개척사에게 올리는 편지와 섬에서 벌어진 일들을 적은 보고서, 각종 증거품을 납작한 나무 상자 속에 서둘러 담았다.

"내가 타고 온 배를 이용할 수는 없을 게야. 저놈들이 지키고 있으니까 다른 배를 잡도록 해라. 해변에 가면 내가 타고 온 배 도사공이 있을 거다. 그 사람에게 이 편지를 따로 전해라. 그러면 그 사람이 너를 안내할 것이다. 지체하지 말고 지금 당장 떠나거라."

상삼은 달리 할 말이 없었다. 그냥 학이를 꼭 안아 주었다. 무사히 돌아올 수 있을지는 하늘만이 아는 일이었다.

"걱정 마세요. 우리 엄마 부탁해요."

학이가 씩씩하게 말했다.

"그래. 네 엄마는 내가 잘 돌볼게."

학이는 상자를 옆구리에 끼고는 꾸벅 허리를 굽혔다.

"왜 이러시오? 이것 놓으시오."

찬모의 비명 소리가 들렸다.

놀란 학이가 바람처럼 뒤창을 넘어갔다.

도장이 문을 박차며 들이닥쳤다.

"날씨가 종사관을 도와주지 않군요. 뭍으로 나가시지도 못할 텐데. 이제 그만 내놓으시지요."

문밖에는 눈발이 희끗희끗 날렸다. 눈을 보는 순간 덜컥 학이 걱정이 가슴을 쳤다. 노련한 도사공이 안내를 한다지만 바다 일은 가늠할 수가 없었다.

"뭘 말이오?"

종사관은 오히려 홀가분해진 얼굴로 도장을 맞이하였다. 천수환도 발이 묶였고, 그동안 조사한 섬의 형편을 모조리 다 적어 보낸 뒤라서 숨겨야 할 것도 없었다. 상삼도 애써 태연한 표정을 지어 보였다.

"저놈이 들고 온 게 있었을 텐데요."

도장은 잃어버린 벌채권과 반출증을 찾고 있었다.

종사관은 상삼을 돌아보았다.

"자네, 내게 뭘 주었는가?"

"저 말입니까? 저는 드린 게 없는데요."

두 사람은 마주 보며 피씩 웃었다.

약이 오른 도장이 칼을 빼서 상삼을 겨누었다. 상삼의 등에서 칼이 꿈틀거렸다. 상삼 역시 손을 뻗어 칼을 뺐다. 칼은 기다렸다는 듯 허공을 가르고는 도장의 칼끝과 마주했다. 이번에는 상삼의 몸이 기우뚱거리지 않았다.

"네놈이 기어이 나와 싸우겠다 이 말이지? 분명히 말하는데 나는 이 섬을 다스리는 도장이야. 어느 누구도 내 말을 거역할 수는 없어."

"나는 종사관님을 지키는 호위 무사요. 종사관님이 위험에 빠지는 것을 두고 보지는 않을 거요."

도장은 한동안 씩씩대더니 칼을 높이 쳐들었다. 내려칠 기세였다. 상삼은 종사관 앞을 가로막고 나서며 칼을 치켜들었다.

"이게 무슨 짓이오. 여기는 엄연한 관청이요. 나는 개척사의 명으로 온 사람이오. 둘 다 칼을 내리시오."

종사관이 몸을 추스르며 눈을 부라렸다.

"도장! 당신이 우리에게서 그 증표를 빼앗아 없앤들 섬 백성들이 본 것까지 다 지울 수는 없을 것이야. 설령 우리 둘을 몰래 죽인대도 백성들은 네가 한 짓인 줄 다 알 거다. 백성들을 모두 죽인다면 모를까."

상삼의 고함에 칼을 쳐든 도장의 팔이 부르르 떨렸다.

"대장장이 주제에 감히…… 오늘 네놈이 한 말, 그 값을 제대로 갚아 줄 것이야."

난처해진 도장은 버럭 소리를 내지르고는 칼을 내렸다. 그러고는 문을 박차고 나가 버렸다.

"어쩌려고 약을 올리고 그러는가?"

종사관이 작은 소리로 나무랐다.

"두고 보소. 고분고분해도 우릴 그냥 두지 않을 겁니다."

"어째서?"

"천수환에서 갖고 나온 그놈의 증표 때문이지요. 우리 둘을 따로 떼놓으려고 할 겁니다. 종사관님은 끝까지 모른다고 하십시오. 증표는 본 적도 없고, 그저 개척사가 올 때까지 편안히 머물다가 돌아갈 거라고만 하십시오."

"알았네."

종사관은 상삼이 하자는 대로 할 수밖에 없는 처지였다.

도장이 나간 뒤에 생각과는 달리 바깥이 조용했다. 상삼은 문짝에 귀를 대고 바깥의 움직임을 살폈다. 그런데 이상하게도 앞마당이 조용했다. 졸개들이 사라진 모양이었다. 밖으로 나가서 막사

뒤까지 돌아가 보았다. 졸개들 모습은 보이지 않았다.

대숲 위로 내리는 눈이 학이가 지나간 흔적을 덮어 주고 있었다. 한참 동안 하늘을 보며 펑펑 쏟아지는 눈을 얼굴로 받았다. 깊고 길게 숨을 토해 냈다. 오랜만에, 정말 오랜만에 마음껏 숨을 내쉬어 보았다.

찬모도 부엌에서 나오더니 주변을 둘러보고는 말했다.

"떠났나 봐요. 도방포까지 이 눈밭을 걸어가려면 고생깨나 할걸요."

"정말 간 게 맞소?"

"그 난리를 치고는 바로 떠난 거 같아요. 눈에 갇히는 게 두려웠겠죠."

상삼은 도방포로 넘어가는 길목까지 나가 보았다. 도장과 그 졸개들은 보이지 않았다. 찬모 말로는 눈이 녹기 전에는 도장 패거리가 나발등을 넘어오지 못할 거라고 했다.

새벽 일찍 상삼은 바다로 나가 보았다. 눈이 제법 쌓여 있었다. 학이가 걱정되었다. 하늘은 잔뜩 흐려 있었지만 다행히 파도는 높지 않았다. 종사관의 배를 감시하던 졸개들도 눈에 띄지 않았다. 이렇게 눈이 쌓이는데 밖에서 밤을 새는 일도 쉬운 일은 아니었다. 선창 끝으로 나가서 포구 주변을 둘러보았다. 역시 보이지 않았다.

눈 쌓인 겨울 섬은 그야말로 감옥이었다. 감옥으로 변한 게 오히려 안심이었다.

결혼

눈이 조금씩 그치고 있었다.

태하의 종사관도 지켜야 했지만 바위굴에 숨어 있는 학이 엄마도 걱정이었다.

"눈이 녹기 전에는 도장 패거리가 나타나지 않을 겁니다. 집에 다녀올까 합니다. 그곳 일도 궁금해서요."

"빨리 다녀오게. 자네는 내 호위 무사임을 잊지 말게나."

종사관은 불안한 마음을 숨기려 하지 않았다.

해가 올라오자 상삼은 서둘러 선창으로 나가서 배를 띄웠다. 다행히 바람이 배를 밀어 주었다.

송곳봉 아래 배를 대자마자 바로 집으로 달려갔다. 눈이 무릎까지 차올랐다.

155

재환은 흠뻑 젖은 상삼을 보고는 방으로 데리고 가서 윗목에 앉혔다. 얼었던 몸이 노곤하게 녹았다.

"뭔 일이 있었소?"

놀랄 일만 겪은 탓에 재환의 느긋한 표정이 오히려 마음에 걸렸다.

"이보시게, 내 말 잘 듣게. 내가 곰곰이 생각해 본 일이네."

재환은 상삼을 보며 한 번 싱긋 웃고는 말을 이었다.

"학이 엄마 말일세. 같이 살면 어떻겠나?"

"누구와 같이 산단 말이오?"

"말귀를 못 알아듣겠나? 자네와 같이 살면 좋겠다 이 말이야. 자네가 거두어 가족이 되고 나면 도장도 더 이상 해코지를 못 할 걸세. 안 그런가?"

"뭐, 뭐라고요?"

재환은 따지고 자시고 할 틈을 주지 않았다.

"자네나 학이 엄마나 갈 데가 없지 않은가. 상처 있는 사람끼리 같이 살면서 서로 상처를 다독이면 좋잖아. 학이 엄마를 사동 마을로 돌려보내면 도장이 가만히 두겠는가? 자네와 가정을 이뤄 살면 그런 일도 없을 거고, 또 자네도 언제까지 혼자서 살 겐가. 학이도 자넬 무척 따르니 아들도 덤으로 얻는 셈이지."

학이라는 말에 미안한 마음이 왈칵 일어났다. 아직도 망망한 바다 위에 있을 것을 생각하니 가슴이 먹먹해 왔다. 미안하고 또 미안했다. 어른이 될 때까지 꼭 지켜 주고 싶었다. 학이 엄마도 지켜 줄 수 있는 뾰족한 방법이 떠오르지 않았다. 그러고 보니 가정을 이루는 것도 싫지는 않았다.

"나야 그렇지만 학이 엄마가 허락할지……."

상삼이 슬그머니 누그러지는 틈을 놓치지 않고 재환은 다음 말을 이었다.

"내가 이런 말을 함부로 하겠나. 학이 엄마와도 이미 이야기를 나누었다네."

"아, 아니 벌써요?"

상삼은 민망한 마음에 얼굴이 벌겋게 달아올랐다.

"그렇게 알고 올라가 보게."

"허어, 그 말을 듣고 나니 가기가 좀 그렇소."

재환은 뒷머리를 긁적대는 상삼의 등판을 떠밀었다.

그쳤던 눈이 다시 내리기 시작했다. 두껍게 쌓인 눈이 걸음을 자꾸만 더디게 만들었다. 상삼은 바위굴 앞에서 몇 번을 망설이다가 안으로 들어갔다.

학이 엄마가 상삼인 것을 확인하고는 반갑게 맞아 주었다. 가운데 불이 놓여 있었고, 그 위에는 보글보글 물이 끓고 있었다. 상삼은 칼을 풀어서 반석 위에 놓고는 불 가까이 갔다. 불을 가

운데 두고 마주 앉았지만 할 말이 없었다. 헛기침을 두어 차례
하자 학이 엄마가 먼저 말을 꺼냈다.

"저어, 우리 학이는?"

상삼은 가슴이 뜨끔했다.

"예, 저와 같이 있다가 심부름을 보냈구먼요."

"별일은 없겠지요?"

학이 엄마는 아주 조심스럽게 물었다.

"그, 그럼요. 걱정 마소."

얼렁뚱땅 둘러댔지만 영 마음이 편치 않았다. 또 두 사람 사이
에는 말이 없어졌다.

"칼은 마음에 들었나요?"

학이 엄마가 말을 꼭 집듯이 물었다.

"카, 칼요?"

말이 더듬어졌다. '으흠, 으흠.' 목을 가다듬고는 대답을 했다.

"근데 칼이 나를 쓰는지 내가 칼을 쓰는지…… 어떨 때는 무
겁고, 어떨 때는 날개처럼 가볍고, 칼이 나를 가지고 노는 것 같
았소."

학이 엄마가 빙긋이 웃었다.

"칼에게 온전히 마음과 몸을 맡기세요. 바로 휘두르지 마시고
칼과 하나가 될 때를 기다리라고요."

"칼에게 내 몸을 맡겨요? 어떻게요? 칼이 먼저 제 마음대로 나를 흔들어 대는 바람에 내가 힘도 못 쓰고 나자빠졌소. 아주 위험했다고요."

"칼과 하나가 될 때를 기다리셔야지요. 내 생각이 앞서거나 주변을 의식하면 그렇게 된답니다."

학이 엄마는 모든 일을 알고 있었다는 듯 자분자분 해답을 주었다. 상삼은 고개를 갸웃거리며 반석에 놓인 칼을 건너다보았다. 그 옆에는 낯선 가죽 자루가 보였다.

"아니, 저건 뭐요?"

학이 엄마가 먼저 일어나더니 칼을 그 안으로 집어넣었다. 칼집이었다. 학이 엄마는 칼집에 꽂힌 칼을 상삼에게 건넸다. 칼집의 바깥에는 '동남제도 수호검'이라는 글자가 새겨져 있었다.

"칼도 집이 있어야 하지요. 칼이 집이 없으면 보호받거나 간직하기 힘들게 되지요. 집이 있어야 더욱 사람다워지듯이 칼도 마찬가지랍니다. 칼집은 제가 만들었습니다. 글은 시용이 아버지가 새겨 넣었답니다."

"동남제도 수호검!"

상삼은 한 글자, 한 글자 또박또박 소리 내어 읽어 보았다.

"이 칼로 우리를 지켜 주세요."

"아니, 이 칼은 개척사에게 주려고 만든 것이오. 내가 계속 쓸 수는 없소."

상삼은 칼을 반석 위에 내려놓았다.

학이 엄마는 고개를 가로저으며 칼을 두 손으로 받쳐 들고는 다시 상삼에게 내밀었다.

"우리를 지켜 주세요."

상삼은 엉겁결에 받아 들었다가 다시 반석 위에 올려놓았다.

"아, 아니. 뭔 말을 하는 거요?"

"칼이 주인을 선택한 겁니다."

"알아들을 수 없는 말을 자꾸만 하시는구려."

"나도 모르겠어요. 누군가가 나를 통해 말을 전하고 있어요."

학이 엄마도 고개를 절레절레 흔들었다.

'칼이 주인을 선택했다?'

상삼은 그 말을 두어 차례 반복해 중얼거려 보았다. 칼이 꿈틀 거렸다. 칼에서 비롯된 뜨거운 기운이 상삼에게 고스란히 전해 졌다.

상삼은 칼을 반석 위에서 집어 들었다. 칼이 붉은 빛을 뿜어 내기 시작하였다. 그 빛줄기가 상삼의 팔뚝과 가슴, 온몸으로 번 져 나갔다. 마침내 칼과 상삼이 하나가 되고 있었다.

"이제 내려놓으세요."

얼마의 시간이 지났을까. 학이 엄마가 상삼을 흔들었다. 상삼은 칼을 반석 위에 내려놓았다. 칼은 다시 제 모습으로 돌아가 있었다.

이상한 체험이었다. 믿을 수 없는 일이 벌어진 것이었다. 굴 가운데로 물러나서 학이 엄마와 어색하게 마주 앉았다. 한참이 지난 뒤에 학이 엄마가 또 말을 꺼냈다.

"어떡하기로 했어요?"

학이 엄마는 함께 살기로 한 그 대답을 기다리고 있었다.

"뭘 말이오?"

상삼은 알면서도 선뜻 대답을 못하고 말을 돌렸다. 답답해진 학이 엄마가 불을 뒤적이며 다시 말했다.

"함께 살기로 마음을 먹었느냐 이 말입니다."

"그, 그럽시다. 그런데 내 형편이……."

상삼은 질질 끌려가듯이 간신히 말했다. 왠지 쑥스러워서 대답이 시원하게 나오지를 않았다.

"나, 다른 부탁은 없어요. 우리 학이 아버지가 되어 당당한 모습을 보여 주세요."

상삼은 학이 엄마와 눈을 제대로 맞추지도 못하고 불을 뒤적이며 겨우 대답했다.

"알았소. 그, 그러겠소."

"또 하나, 봄이 되어 날이 풀리면 우리 저동으로 나가서 삽시

161

다. 그곳에 친정 부모님이 살던 집이 남아 있어요. 이 바위굴에서 짐승처럼 살 수는 없잖아요."

"저동요? 도방포 코밑인데 도장이 뭐라 하지 않겠소?"

"이제 하나도 겁나지 않아요. 그쪽이 우릴 지켜 줄 거 아녜요."

상삼은 그저 고개만 끄덕거렸다. 가족이 생긴다는 게 무엇보다 기뻤다. 이 기쁨을 잃지 않기 위해서라도 학이가 무사히 돌아와야 했다.

'아, 제발, 제발 무사히!'

간절한 마음으로 빌고 또 빌었다.

눈이 점점 쌓이더니 바위굴 입구를 막을 것만 같았다. 눈을 밀치고 밖으로 나갔더니 나리 마을이 눈에 묻혀 가고 있었다. 아, 정말 학이가 걱정이었다. 또 종사관도 걱정이었다. 태하로 나가려고 했으나 배를 띄우기도 힘들 만큼 눈이 내렸다. 바람도 좋지 않았다. 어쩔 수가 없었다. 굴에서 하룻밤을 지낼 수밖에 없었다. 자리에 누웠지만 잠이 오지 않았다.

섬은 한 덩이 하얀 눈이 되고 있었다.

나리 마을과 태하를 오고 가는 사이에 해가 바뀌었다.

"눈밭을 억지로 넘어오려고 애쓰지 말고 신당 할매 신세를 지세요."

학이 엄마가 퉁퉁 부은 상삼의 언 발을 천으로 감았다. 겨울

내내 눈밭을 넘어 다닌 탓이었다. 종사관을 지키는 일도 있었지만 학이 때문이었다. 떠난 지 두 달이 넘어가지만 학이 소식은 없었다. 기간이 길어지자 학이 엄마도 학이를 심부름 보냈다는 말을 믿지 않는 눈치였다.

"정말 심부름 보낸 거 맞아요?"

한 번씩 넌지시 물어 오는데 더는 얼버무릴 수가 없었다.

저동으로 이사를 마친 날, 상삼은 학이 엄마와 마주 앉았다.

"내 털어놓을 게 있소."

"학이 일이지요?"

학이 엄마는 이미 알고 있었다. 상삼을 바라보며 가만히 다음 말을 기다렸다.

"학이는 뭍으로 나갔소. 개척사를 만나러. 너무 걱정은 마소. 종사관을 모시고 온 도사공과 함께 갔으니 무사히 돌아올 거요."

상삼은 그간 있었던 일들을 이야기해 주었다. 이야기를 다 들은 학이 엄마는 얼굴을 감싼 채 부엌으로 가 버렸다. 상삼은 너무나 미안하여 고개도 들지 못한 채 앉아 있었다.

얼마나 시간이 지났을까. 밖에서 떠들썩한 소리가 들렸다. 상삼은 방문 옆에 세워 둔 작대기를 움켜쥐었다. 언제부터인가 손에 작대기 드는 게 버릇이 되었다.

밖에는 도장이 졸개들과 서 있었다.

"누구 마음대로 집을 옮겼지?"

도장이 건들거리며 시비를 걸어 왔다. 천수환이 일본으로 빠져나갔기 때문에 백성들을 크게 들볶지는 않고 있었다.

"종사관의 허락이 있었소."

도장은 허리춤에 찬 칼집에서 칼을 넣었다 뺐다 하면서 겁을 주었다.

"종사관? 내 허락은 없어도 된다 이 말이겠다?"

"당신이 뭔 상관이오? 이 집은 우리 부모님이 살던 내 집이오. 내 집에 내가 들어오는데도 허락이 필요하오?"

언제 나왔는지 학이 엄마가 상삼 옆에 서서 도장을 똑바로 쳐다보며 소리를 쳤다.

"둘이 같이 산단 말이 뜬소문이 아니군."

도장은 비웃듯 빙글빙글 웃으며 졸개들을 돌아보았다. 졸개들도 놀리듯이 껄껄댔다.

"그렇소. 우리는 혼인하였소."

"남의 여자를 업어 온 주제에 혼인을 했다고?"

도장이 빈정거렸다.

상삼은 혼인이 비웃음거리가 되는 것만큼은 참을 수가 없었다. 작대기로 바닥을 쿵쿵 내리찍으며 졸개들에게 한 걸음 다가갔다.

"우리 가정에 대하여 엉뚱한 소리를 하면 가만있지 않을 거야."

졸개들은 상삼의 힘을 알고 있었다. 선뜻 다가서지는 않은 채 싸울 자세를 취했다.

"잠깐, 잠깐. 우리 배 장군께서 한번 싸우시겠다는 말인데 우린 싸울 생각이 없어. 덴쥬마루에서 훔친 물건이나 돌려줘. 그렇다면 우린 네놈이 혼인을 하든, 남의 여자를 업어 오든 상관하지 않을 테니."

도장은 여전히 빈정거리며 상삼을 향해 손바닥을 내밀었다.

"덴쥬마루는 뭐고, 훔친 물건은 뭐요? 나를 도둑 취급하지 마소."

상삼은 작대기를 움켜쥔 손에 힘을 주었다. 팔뚝이 불끈하며 힘줄이 일어났다. 학이 엄마가 곧바로 튀어 나갈 것만 같은 상삼의 옷자락을 가만히 잡았다. 상삼은 길게 숨을 내쉬며 마음을 가라앉혔다.

상삼이 뒤로 물러서자 도장도 말머리를 돌렸다.

"홍 서방! 대장장이가 봄 농사 준비로 해야 할 일이 어떻게 되지?"

졸개 중 하나인 홍 서방이 어깨를 건들거리며 앞으로 나섰다.

"도끼가 50자루, 톱이 40개입니다."

"잘 알아들었겠지. 섬에서 대장장이가 해야 할 일을 마다하지는 않겠지. 그렇지 않은가?"

도장은 빈정거리며 상삼의 어깨를 툭툭 쳤다.

상삼은 도장의 손을 뿌리쳤다.

"농사일에 도끼가 왜 필요하며, 톱은 어디에 쓸 거요? 나는 백성들에게 필요한 농기구만 만들 거요."

"그래. 말 잘 했네. 그 도끼와 톱도 백성들이 쓸 것이네. 그 일을 마다한다면 섬을 떠날 수밖에 없지. 알아서 하라구."

도장과 그 졸개들이 물러간 뒤에도 상삼은 한참 동안 그대로 서 있었다. 학이 엄마도 먼 하늘을 올려다보며 곁에 서 있었다.

"어떡할 거예요?"

학이 엄마가 걱정스레 물었다.

"어림없소. 나는 백성들이 쓰는 농기구만 만들 거요."

상삼은 10년도 더 지난 일을 떠올렸다. '백성이 곧 하늘'이라는 말에 백성이 주인 되는 세상을 위하여 만들었던 무기도 사람만 상하게 하고는 아무것도 이루지 못하였다. 하물며 도장과 그 졸개들 배를 불리기 위한 연장을 만들다니 어림없는 일이었다.

홍 서방

저녁 무렵에 태하에 머물던 선원 하나가 찾아왔다. 그를 보는 순간 말을 듣지 않아도 무슨 일인지 알아챘다. 상삼은 한걸음에 태하로 달려갔다.

종사관이 막사 안에서 서성대고 있었다.

"걱정이야, 걱정."

"학이는 어디 있소?"

학이라는 말이 나오자 종사관은 손가락으로 입을 막으며 힐끗 바깥을 살폈다.

"대숲에 숨어 있다네."

추운 날씨에 바다를 건너온 아이가 대숲에서 떨고 있다니 울컥 화가 났다.

"얼어 죽겠소. 데리고 와야겠소."

상삼이 벌떡 일어서며 부르르 화를 냈다. 그동안 차곡차곡 쌓여 있던 미안함과 안쓰러움이 가슴을 치밀었다.

"그게 아니야. 뭍에서 돌아오는 배를 왜놈들이 먼저 발견했다네. 바로 도장에게 알린 것 같네. 왜놈들은 개척사가 오시는 줄 알았는가 봐. 곧 도장 일당이 들이닥칠지도 몰라."

"조정의 명을 갖고 왔을 텐데, 그러면 군졸들도 같이 왔을 거 아니오?"

상삼은 종사관이 겁을 먹고 있는 이유를 알 수가 없었다.

"아이쿠, 이 사람아! 물론 군졸들이 왔지. 그런데 죄인을 압송하라며 보낸 군졸이 겨우 다섯이야, 다섯. 생각해 봐. 도장과 그 졸개들 수는 스물인지 서른인지 알지도 못하잖아. 그 뒤에는 총을 가진 왜놈들이 득실거려. 지놈의 세상인 이 섬에서 '날 잡아가소.' 하면서 도장이 순순히 두 손을 내밀겠나?"

상삼도 가슴이 답답해 왔다. 그렇다고 학이를 마냥 한데에다 둘 수는 없었다.

"학이는 내 아들이오. 아비가 아들을 얼어 죽게 할 수는 없잖소."

도장 일당이 들이닥친다고 하여도 학이를 그냥 둘 수는 없었다. 문을 열고 나오는데 문 앞에 학이 엄마가 서 있었다.

"아니, 어떻게 여기까지……."

"나도 눈치는 있는 사람이에요. 학이는 어디 있어요? 당신은 여기 칼을 받고, 내게 학이가 있는 데를 알려 주세요."

학이 엄마는 상삼에게 보자기에 싼 칼을 내밀었다. 학이 엄마의 말투가 아주 단호했다. 어떤 것도 두렵지 않다는 얼굴이었다.

상삼은 칼을 등에다 단단히 메고는 대숲으로 들어갔다. 찬바람이 대숲을 지나며 휘파람 소리를 냈다. 대숲 가운데를 지날 무렵 상삼은 이상한 소리를 들었다. 누군가가 뒤따르고 있었다. 바람 소리가 아닌 숨소리와 조심스럽게 댓잎을 밟는 소리였다. 상삼은 학이 엄마를 데리고 작은 바위 뒤에 몸을 숨겼다. 조금 지나자 대나무 사이로 언뜻 사람 하나가 나타나더니 조심스럽게 움직였다. 뒤를 밟아 온 게 틀림없었다. 바위 가까이 오더니 어디로 갈지를 몰라서 두리번거렸다. 잠시 망설이다가 급히 비탈을 따라 달려갔다.

"누구예요?"

학이 엄마가 침을 삼키며 고개를 들었다.

"도장의 졸개야. 낮에 우리에게 톱과 도끼를 만들라고 말하던 바로 그 홍 서방이네."

"홍 서방? 간도 쓸개도 없는 놈! 부두목이라는 놈이 바로 저 놈이네."

"그건 또 뭔 말이오?"

"왜놈들이 도장 다음이라고 '부두목, 부두목' 하니까 우쭐해 갖고 설쳐 댄다고 하더라고요."

"어찌 그리 잘 알고 있소?"

"저놈도 원래는 사동 마을에 살았지요. 왜놈들이 주는 돈 몇 푼에 맛을 들여서 저러고 다닌다며 마을 사람들이 조심하라더 군요. 저놈이 도장보다 더 악질이래요. 왜말도 잘하고, 일본도 몇 차례 다녀왔다고 하더라고요."

상삼은 홍 서방 발소리가 멀어진 뒤에 다른 쪽으로 길을 잡았 다. 상삼이 생각해 둔 곳이 있었다. 현포로 넘어가는 산모롱이에 있는 굴에서 추위를 피하고 있을 것 같았다. 학이 엄마의 손을 꽉 잡았다.

"내 걱정은 마시고 학이 있는 곳이나 잘 찾으세요."

"자꾸 발을 헛디디면서 그래요. 내 손이나 꽉 잡으소."

오르막을 지나고 낮은 비탈이 오자 상삼은 대숲에서 벗어나 바위를 탔다. 작은 굴을 지나고 다시 바위를 오르자 제법 큼지막 한 바위굴이 나타났다. 잠시 숨을 고르면서 주위를 살폈다. 바람 소리뿐이었다. 상삼이 막대기로 바위를 두어 번 두드렸다. 안심 하라, 들어가겠다는 신호였다. 그러고는 천천히 안으로 들어갔 다. 굴 안에서는 인기척이 전혀 없었다. 다시 걸음을 멈춘 상삼은 헛기침을 두어 차례 했다. 반응이 없었다.

"학아!"

더 참을 수 없었던 학이 엄마가 아들을 불렀다. 그 소리가 굴 안을 돌아치며 작은 울림을 만들었다. 그때 한쪽 구석에서 마른 댓잎이 들썩거렸다.

"아제! 아제 맞아요?"

학이였다.

"그래 맞다. 나다, 나야."

학이가 달려와서 상삼을 부둥켜안았다.

"아제!"

"그래, 고생했다. 고맙다, 고마워. 살아와 줘서 고마워."

상삼은 학이를 안고는 등을 쓰다듬고 또 쓰다듬었다.

"학아! 아들아!"

학이 엄마가 울음을 터뜨리며 두 사람에게 매달렸다.

"어, 엄마!"

학이가 엄마를 확인하고는 놀라움과 반가움에 소리쳤다.

"살아 있었구나. 아들아!"

학이 엄마는 설움이 북받쳐 숨을 제대로 못 쉬고 끅끅댔다. 상 삼이 두 사람을 안쪽으로 데리고 가서 앉히고는 진정을 시켰다. 함께 숨어 있던 사람들도 몸을 드러내며 상삼을 둘러쌌다. 너무나 어두워서 얼굴조차 확인할 수가 없었다.

"댁이 배상삼이오?"

어둠 속, 뒤쪽에 서 있던 사람이 앞으로 나서며 상삼을 찾았다.

"그렇소. 댁은?"

"도장을 압송하러 온 군관이오. 개척사 말로는 댁이 종사관을 도와서 모든 일을 처리해 줄 거라고 했소. 그런데 섬의 형편이 뭍과는 사뭇 다르군요. 나라에서 보낸 관리가 쫓기는 신세라니요."

군관은 말도 안 되는 일이 벌어지고 있는 게 믿어지지 않는 모양이었다. 상삼은 그의 이야기를 들으며 사람들을 둘러보았다. 종사관의 말대로 군관의 뒤에 도사공까지 여섯이 서 있었다. 도장을 쉽게 뭍으로 압송할 수가 없겠다는 생각이 들었다. 어쨌든 이들을 따뜻한 곳으로 데리고 가서 음식부터 먹여야 했다. 퍼뜩 생각나는 곳이 신당이었다.

어두워지기를 기다려 향목 사이를 지나서 대풍령을 넘었다. 다른 곳으로 갈 수는 없었다. 도장의 눈에 띄지 않으려면 다른 길이 없었다. 봄이라고 하지만 세찬 서풍이 온몸을 얼어붙게 만들었다. 군관과 군졸들의 수염에는 고드름이 하얗게 매달렸다. 말하는 사람이 없었다. 입이 다 얼어 있었다.

마을 뒤를 돌아서 신당으로 들어갔다. 신당 할매가 자다가 일

172

어나서는 혀를 끌끌 찼다. 할머니는 부엌으로 나가더니 장작을
아궁이에다 밀어 넣고는 솥에다 죽을 끓였다. 학이 엄마가 부엌
일을 도왔다. 그 사이에 상삼은 학이와 한쪽 구석에서 뭍에 다녀
온 이야기를 나누었다. 죽을 고비를 넘기고 만난 뒤라서 할 이야
기가 너무나 많았다. 한 가족이 되었다는 말도 빠뜨리지 않았다.

"이제 어떡할 거요?"

따뜻한 죽으로 허기와 추위를 달랜 군관이 먼저 말을 꺼냈다.

"종사관이 판단해 주실 거요."

"어차피 도장을 체포하여 뭍으로 끌고 가려면 그와 맞닥뜨려
야 할 거 아니오. 뭐가 무서워서 이렇게 숨어서 쉬쉬한단 말이
오?"

군관은 도장에게 조정의 명을 전하고 싶었다. 군관은 아직 도
장의 위세를 제대로 모르고 있었다. 나라의 명을 듣지 않을 거라
는 종사관의 말을 이해하지 못하고 있었다. 더구나 숨어 있으라
는 종사관의 말이 이상하게 들렸다.

"나리! 이 섬은 뭍에서 멀리 있소. 그만큼 다른 세상이라고 생
각하소."

상삼은 섬 형편과 도장의 횡포를 설명했지만 군관은 고개만
절레절레 흔들었다.

같은 이야기는 계속 반복되면서 날이 밝고 있었다. 상삼은 그

때까지도 용기를 내지 못하고 있었다. 도장과 맞서기에는 군졸들 수가 너무나 모자랐다. 뾰족한 방법이 떠오르지 않아서 자꾸만 망설이고 있었다.

"용기를 내세요. 뜻이 모이고 정성을 다하면 하늘이 함께할 겁니다. 칼을 단단히 잡으세요."

보다 못한 학이 엄마가 상삼의 손을 잡았다.

"그래. 학이 에미 말이 맞다. 자네 뜻이 옳다면 하늘이 거기 있을 거네."

신당 할매도 거들었다.

"하늘이요? 무심한 하늘이 도울까요?"

상삼은 마지못해 헛기침을 두어 번 하고는 느릿하게 일어섰다. 그 모습을 물끄러미 보고 있던 군관이 상삼에게 힘을 실어 주었다.

"종사관이 머물고 있는 막사로 갑시다. 겁먹고 숨어 있을 게 아니라 가서 결판을 내는 게 맞겠소."

"예, 그, 그러지요."

한숨을 돌린 군관이 칼에 호기심을 보였다.

"그 칼이 좀 특이하오. 이리 좀 줘 보시오. 누가 만들었소?"

칼을 받아 들고 이리저리 뜯어보던 군관이 재미있다는 듯 물었다.

"누구랄 것도 없소. 내가 두들겨 만들었구먼요. 너무나 칼 같지 않아서 그러지요? 개척사님이 들어오시면 선물하려고 만들었소. 우리 백성을 지켜 달라고. 제 아내가 며칠 밤을 새며 날을 세워 놓으니 그나마 칼 꼴이 나오네요."

"그런데 개척사는 들어오시지 않고, 왜놈과 그 무리는 날뛰고하니까 미리 들고 나왔다 그 말이오? 백성을 지켜 달라는 의미를 지닌 선물이라…… 이름도 제격이네요. '동남제도 수호검' 참좋소. '섬 백성을 지켜 주소서.' 세상에 이런 선물은 없을 거요."

군관은 두 손으로 칼을 받들어 이마 위로 올려서 주문을 외우듯 큰 소리로 외치고는 천천히 내리더니 상삼에게 돌려주었다.

상삼은 칼을 받아 들고는 가만히 들여다보았다. 칼이 점점 무거워지고 있었다. 더 이상 버틸 수 없게 되었을 때 학이 엄마가 칼을 상삼의 등에다 메어 주었다.

"칼에다 마음을 싣고, 몸을 맡기세요. 하나될 때까지 기다리세요. 잊지 마세요."

학이 엄마가 상삼에게 또 그렇게 속삭였다.

"알았소."

상삼은 학이 엄마를 돌아보며 고개를 끄덕여 주었다.

압송 실패

상삼은 군관과 군졸을 데리고 종사관이 머무는 막사로 들어갔다. 이미 막사 주변을 졸개들이 둘러싸고 있었다. 군관과 군졸들을 본 졸개들이 칼자루를 움켜쥐며 다가왔다. 군관은 그들을 거들떠보지도 않았다. 잔뜩 긴장한 졸개들도 관복을 차려 입은 군관과 군졸 앞을 막지는 못하였다. 아직 도장의 명령이 내려지지 않은 모양이었다. 군관은 당당한 걸음으로 막사에 들어갔다.

막사 안에는 도장이 종사관과 마주 앉아 있었다. 군관을 본 도장이 벌떡 일어나며 소리를 질렀다.

"아니, 나라에서 보낸 사람이라면 먼저 이 섬의 도장인 나를 만나야 하는 것 아니오? 무슨 꿍꿍이가 있기에 도둑처럼 숨어든 것이오?"

군관도 만만한 사람이 아니었다. 종사관 옆 자리에 앉더니 도장을 똑바로 바라보았다.

"무슨 소리요. 도둑처럼이라니! 나는 조정에서 명을 갖고 온 사람이오. 말조심하시오. 당신이 도장이오?"

군관과 도장의 눈빛이 부딪쳤다.

"내가 도장이 맞소. 무슨 일로 섬에 들어왔소?"

군관은 도장의 물음에는 대답하지 않았다. 뒤쪽에 비켜 서 있는 군졸에게 손을 내밀었다. 군졸이 품속에서 두루마리를 꺼내서 건넸다. 도장의 눈이 두루마리를 쫓으며 번뜩거렸다. 두루마리를 받아 쥔 군관은 막사 문을 열고 나가서 댓돌 위에 섰다. 군졸들이 그를 에워쌌다. 군관은 헛기침을 두어 번 하고는 낮은 담벼락 너머 바깥을 둘러보았다. 담 안에는 도장의 졸개들이 서 있었으며, 담 너머에는 멀찍이 떨어져서 태하 마을 백성들이 웅성대고 있었다. 천천히 두루마리를 편 군관은 큰 소리로 읽기 시작했다.

"울릉도 도장 전석규는 나라의 재물을 함부로 왜인들에게 팔아넘긴 죄를 물어 그 직을 파하고 포도청으로 압송할 것을 명한다."

"죄인 전석규는 앞으로 나와서 나라의 명을 받도록 하라."

군관의 말을 듣고 있던 도장은 고개를 쳐들고는 크게 웃었다.

"이 섬에서 당신 말을 들을 사람은 아무도 없을 것이오. 자, 보시오. 내 명에 따라 움직이는 나의 부하들, 저쪽 추녀 밑에 몸을 숨기고 있는 겁쟁이 백성들, 당신의 말을 들을 것 같소? 어림없소. 개척? 조정에서 개척령을 내리기 전에 우리들은 이 섬에 들어와서 이미 섬을 개척하였소. 그러므로 섬은 우리 것이오."

고래고래 소리를 지르던 도장이 잠깐 말을 끊으며 몸을 움츠리고 있는 백성들을 쏘아보았다.

"백성은 내 말을 잘 들어라! 세찬 바닷바람과 굶주림에 시달릴 때, 누가 너희에게 먹고 입을 것을 주었느냐? 여기 종사관이더냐? 평해 사또이더냐? 그렇게 불렀건만 나라는 대답이 없었다. 너희들이 입고 있는 광목, 옥양목은 누구에게서 구했느냐? 하루라도 없으면 살 수 없는 소금은 또 어디서 구했느냐?"

도장은 눈빛으로 그들을 윽박지르고 있었다. 백성들은 그 눈빛을 피하여 슬금슬금 집 뒤로 몸을 숨겼다. 그들은 모두 도장이 깔아 놓은 목줄에 묶여 있었다. 몰래 섬으로 들어와서 살던 백성들은 고기잡이와 농사로 살아가기에는 너무나 힘이 들었다. 굶주려 있을 때 일본 사람과 손을 잡은 도장이 패거리와 나타난 것이었다. 곡식을 배고픈 백성들에게 빌려주었다. 대신 가을에

이자를 붙여서 갚으라는 조건이었다. 그뿐만 아니었다. 일본 장사꾼과 짜고는 옷감과 소금을 들여왔다. 일본 장사꾼들은 우리 백성들에게 외상으로 물건을 나누어 준 뒤에 봄에는 미역으로, 가을에는 콩으로 갚도록 하였다. 빌려줄 때는 쉽게 주었지만 값을 받을 때는 간사한 꾀를 부렸다. 미역이 풍년이면 미역이 아닌 콩으로, 콩이 풍년이면 미역으로 갚으라고 하였다. 그 바람에 물가는 치솟고, 백성들이 마련한 미역과 콩 값은 바닥을 쳤다. 빚은 순식간에 산더미처럼 불어났다. 배가 고팠던 백성들은 돌봐 주지 않는 나라보다 도장의 말이 달콤했다. 그런데 척박한 땅에서 한 번 생겨난 빚은 불어나기만 할 뿐 줄어들지를 않았다. 아예 갚을 수가 없었다. 삶은 갈수록 힘이 들었다. 못 갚을 형편이 되자 빚을 갚을 수 있는 방법으로 도장이 내어놓은 게 도벌이었다. 벌목장에 끌려가는 바람에 고기잡이나 미역 채취, 농사를 지을 수 없게 된 백성들은 빚을 갚을 수 있는 길조차 점점 멀어져 갔다. 결국은 도장의 손아귀에서 빠져 나올 수 없는 처지가 되고 만 것이었다. 그야말로 일본 사람과 도장이 설치해 둔 올가미에 걸린 꼴이었다. 일본 인부를 데려와서 벌목하는 것보다 도장의 노예가 된 백성들이 훨씬 부려먹기가 좋았다.

군관 앞에는 도장의 졸개들뿐이었다. 백성들 들으라고 나라의 명을 발표했건만 백성들은 오히려 겁을 먹고 꼭꼭 숨어 버렸다. 몸을 숨기고 막사에서 이루어지는 모습을 지켜볼 뿐이었다.
일본 선장과 함께 온 선원들, 일본 장사꾼들은 멀찍이 서서 이
광경을 보고 있었다. 도장은 기회를 놓치지 않았다. 칼을 칼집에
거세게 밀어 넣었다. 그러고는 천천히 잔뜩 주눅이 든 군관 앞으
로 다가섰다.

"나를 포도청으로 압송하겠다고? 자, 어디 한번 잡아 보시지."

빈정거리며 군관의 주변을 빙빙 돌았다. 심지어 두 손을 모아
군관 앞으로 내밀었다.

"자, 자. 묶어 보라고."

당당하던 군관 얼굴이 새하얗게 변했다.

관복을 차려 입은 종사관이 나왔다. 댓돌 위에는 관복 입은 두
사람이 나란히 섰다.

"내 너희들에게 이르겠다."

도장의 졸개들을 향해 종사관이 입을 열었다.

"평해 현감의 전갈도 함께 도착했다. 오늘부터 이 섬에는 도
장 제도를 없앤다. 대신 도수 직책을 만들어 새 도수로 배상삼을
임명한다. 섬의 모든 일은 배상삼이 맡을 것이다. 그리 알고 너
희들도 각자 집으로 돌아가라."

섬을 다스리는 직책 이름이 도장에서 도수로 바뀌고, 그 도수
로 배상삼이 임명되었다는 말에 졸개들은 찔끔했다. 서로 눈치

를 살폈다. 그러나 도장은 조금도 흔들리지 않았다.

"야, 이놈들아! 나를 떠나서 저 돼지에게로 가고 싶은 놈은 가라. 나는 말리지 않겠다. 그 대신 너희들이 그동안 가지고 누렸던 것은 다 내놓아야 할 거야."

주춤거리던 졸개들은 다시 칼을 움켜잡았다. 도장은 그 모습을 둘러보며 빙글빙글 웃다가 종사관을 똑바로 쏘아보았다.

"네놈이 꾸민 짓이 바로 이것이었구나. 그러나 이 섬에서는 통하지 않아. 이 섬의 주인이 누구인지 똑똑히 보여 주마."

도장은 두어 발 물러서며 소리쳤다.

"애들아! 저 돼지부터 잡아서 이리 끌어내라."

졸개들은 주춤거리지도 않았다. 우르르 상삼에게 달려들었다.

상삼이 그들을 향해 팔을 쭉 뻗으며 싸울 자세를 취했다. 그들도 상삼의 덩치 앞에서 선뜻 대들지는 못하고 빙빙 돌며 틈을 노렸다.

"뭐 하는 짓이야? 나라의 명을 어길 거야?"

군관이 나서며 소리쳤다.

"나라의 명! 우리가 굶주릴 때 나라는 어디 있었소? 나라의 덕은 당신 같은 벼슬아치들이나 보았지, 우리는 저 바닷가 돌멩이처럼 깎이고 구르면서 우리 스스로 여기까지 온 거야. 그러므로 나라는 우리에게 뭐라고 할 자격이 없어. 우리만이 우리를 지킬 수 있다고."

도장은 악을 쓰듯 소리를 질렀다.

상삼도 그 소리에는 가슴이 흔들렸다. 백성을 외면하던 나라
와 벼슬아치들에 대한 원망이 가슴 밑바닥에서 파도처럼 밀려
왔다. 분하고 억울할 때 그렇게 부르고 기다렸던 나라의 도움은
그 어디에도 없었다. 언뜻 도장의 말이 맞는지도 모른다는 생각
이 들었다. 마음이 흔들리며 자세가 흐트러졌다. 졸개들 중 홍
서방이 그 틈을 놓치지 않았다. 홍 서방의 몽둥이가 상삼의 뒷머
리를 향해 날아들었다. 상삼은 그대로 정신을 잃고 쓰러지고 말
았다.

정신을 차리고 보니 꽁꽁 묶인 채 댓돌 아래 엎어져 있었다.
머리가 얼얼하고 온몸이 무너져 내릴 것처럼 아팠다. 간신히 고
개를 들어 주변을 살펴보니 군관과 같이 온 군졸들도 묶인 채
꿇어 앉아 있었다. 댓돌 위에는 도장이 버티고 서 있었다. 종사
관과 군관은 보이지 않았다.

"얘들아! 저놈들을 모두 창고에 처넣어라."

도장의 명에 따라 졸개들은 재빨리 움직였다.

상삼과 군졸들은 어둠침침한 창고에 갇히고 말았다.

"단단히 지켜!"

도장이 창고를 확인하고 돌아가며 소리를 질렀다.

창고 바닥에 쓰러진 군졸들이 그제야 '끙끙' 앓는 소리를 냈다. 그들은 창고에 갇힌 것도 그렇지만 도움을 청할 곳도 없는 외딴 섬이 더 큰 옥처럼 느껴지는 모양이었다. 모두들 깊은 절망감에 빠져 있었다.

"도수, 어떻게 좀 해 보쇼."

"아니, 배 도수! 칼은 왜 메고 있는 거요."

"휘둘러야 칼이지. 등짝에 짊어지고 매타작을 당하는 이유가 뭐요?"

군졸들이 불퉁거렸다.

그러고 보니 등에 칼이 그대로 붙어 있었다. 문득 이상하다는 생각이 들었다. 그동안 싸움이 있을 때마다 칼이 등짝을 먼저 밀어대곤 했다. 칼을 움켜쥐고만 있어도 칼이 알아서 막고 내리치곤 했는데 아무런 반응을 보이지 않았다.

'도대체 왜 칼이 침묵하고 있었을까?'

상삼은 등에 붙은 칼을 가만히 느껴 보았다. 아내의 말이 떠올랐다.

'칼과 하나될 때까지 기다리세요, 칼에다 마음과 몸을 맡기세요.'

그제야 고개가 끄덕여졌다. 칼과 하나되지 못하고 어느 순간 도장의 말을 따라가고 있었던 게 떠올랐다. 도장의 말에 마음이 흔들리는 사이 칼과 하나될 시간을 놓친 것이었다.

"도수, 뭘 생각을 하고 있소? 우린 나갈 수 있소, 없소?"

"어떻게 좀 해 보슈."

군졸들이 상삼을 몰아붙였다. 그러나 상삼은 아무런 대답을 할 수가 없었다. 벽에다 묵직한 등을 기댔다. 그때 학이와 아내의 얼굴이 또렷하게 떠올랐다. 가족이 있다는 생각에 깜짝 놀랐다. 도장이 그들을 가만두지 않을 게 틀림없었다. 자세를 고쳐 앉으며 창고 안을 살폈다. 출입문과 눈높이쯤에 창이 하나 있었다. 사람이 빠져나가지 못할 만큼 좁았다. 천장은 서까래가 있고 그 위에는 켜켜이 너와가 얹혀 있었다. 더욱이 모두들 손조차 묶인 상태였다.

"싸워 보지도 못하고 이 무슨 꼴인지. 나갈 방법이 없겠소?"

겁에 질린 군졸이 또 다시 다그쳤다.

"어둡기를 기다려 봅시다. 하늘이 무너져도 솟아날 구멍이 있다잖소."

상삼은 그 말밖에는 다른 할 말이 없었다.

작은 봉창으로 대나무 흔들리는 소리가 들렸다. 한차례 찬바람이 지나갔다.

신당 할매

막사 마당 가운데 불이 밝혀졌다. 바람에 불길이 심하게 흔들렸다.

상삼은 문틈으로 바깥을 살폈다. 불빛에 졸개들의 움직임이 언뜻언뜻 나타났다. 창고 앞에는 지키는 졸개가 따로 없었다. 마당에서도 창고 앞이 환히 보이기 때문에 따로 두지 않은 모양이었다.

마음이 급해진 군졸이 일어나더니 어깨로 문짝을 넌지시 밀어 보았다. 꼼짝도 하지 않았다. 그는 다시 뒤로 물러나 앉았다. 그 모습을 지켜본 군졸들은 더욱 막막해했다. 여기저기서 한숨을 푹푹 내쉬는데 봉창으로 작은 대나무 가지 하나가 날아들었다. 모두들 화들짝 뒤로 물러났다가 나뭇가지를 내려다보았다.

그러고는 봉창을 바라보았다. 그냥 바람에 날아온 게 아니었다.

상삼은 재빨리 밖을 살폈다. 졸개들이 멀찍이 물러나 있었다.

세찬 바람이 대나무를 흔들고 지나갔다. 이어서 댓잎들이 바스락거리며 날아올랐다. 그 소리를 타고는 봉창으로 시커먼 보따리가 내려왔다.

"이게 뭐야…… 옷이잖아!"

군졸 하나가 실망이라는 투로 말했다.

"잠깐 이 옷은…….."

신당 할매가 제를 올릴 때 입는 옷이었다.

"이게 뭐요? 무슨 뜻이 있소?"

뒤로 물러앉았던 군졸들이 다시 모여들었다.

"잠시 뒤에 무슨 일이 있을 거요. 아무런 뜻도 없이 신당 할매가 옷을 넣지는 않았을 거요. 단단히 준비합시다."

상삼은 그렇게 생각했다. 군졸들도 잔뜩 긴장하며 묶인 몸을 한 번씩 흔들었다.

상삼은 자벌레처럼 꿈틀꿈틀 봉창 밑으로 기어갔다. 칼을 벽에다 붙여 세우고 등을 가져다 댔다. 두 손목을 묶고 있는 끈을 칼날 위에 대고는 톱질하듯 천천히 쓸었다. 칼은 고맙게도 끈을 쉽게 끊어 주었다. 팔이 자유로워지자 칼을 들어 발목을 묶은 끈도 잘랐다. 자유로워진 상삼은 군졸들에게 다가가서 끈을 잘랐다. 군졸들은 침착하게 차례를 기다려 주었다.

상삼은 칼을 등 뒤에 단단히 메고는 문틈으로 바깥의 움직임을 살폈다. 누가 무슨 일을 꾸미고 있을까? 아무것도 알 수 없는 가운데 초조한 시간이 흘러갔다.

밤은 점점 깊어 갔다. 졸개들은 모닥불 주위에 하나 둘 모여들더니 꼬박꼬박 졸고 있었다.

상삼은 머리를 흔들어 정신을 가다듬고는 군졸들을 불러 모았다. 어둠 속이어서 얼굴을 볼 수는 없었지만 모두 탈출을 하려는 마음들이 간절했다.

"탈출할 길이 생길 것 같소. 옷을 내려 준 사람이 뭔가를 만들고 있는 것 같소."

상삼이 조심스럽게 말했다.

"탈출이 중요한 것이 아니라 저들을 제압하고 도장을 압송하는 게 우리의 임무요."

어둠 속에서 군졸 하나가 단호하게 말했다.

"저들은 20명이 넘어요. 또 모두 칼과 몽둥이를 갖고 있어요. 저들 뒤에는 총을 가진 왜놈들도 있소."

상삼의 조심스러운 말에 군졸이 바로 말을 이었다.

"도망가고 숨어 봐야 섬 안이오. 도수는 신중한 거요, 겁이 많은 거요?"

상삼은 우유부단함이 들킨 것만 같아서 혼자 찔끔했다.

"그렇다고 불리한 걸 뻔히 알면서 맞붙을 수는 없잖소."

"그러니까 방법을 찾자는 것 아니오."

상삼과 군졸은 서로 말이 없어졌다. 이러지도 저러지도 못하는 지경이라는 것을 확인만 하고 말았다.

상삼은 총까지 들고 있는 저들과 마주 싸울 엄두가 나지 않았다. 한숨을 푹 내쉬고 있는 그때 바깥이 갑자기 소란스러워졌다.

"야, 이놈들아! 이 밤중에 잠 좀 자자. 왜 대낮처럼 불을 밝히고 난리들이야? 이 불티가 신당으로 날아와서 성하신당이 불나게 생겼다. 에이, 나쁜 놈들!"

신당 할매였다. 다짜고짜 함지에 담아 온 물을 불 위에 끼얹으며 소리를 질러 댔다. 모닥불이 잦아들면서 불티와 연기가 마당을 덮었다. 연기를 마신 졸개들이 코를 막고 캑캑거리며 흩어졌다. 대낮 같던 관사 뜰이 캄캄해졌다. 그때 창고 문을 가로막아 둔 장대 벗기는 소리가 들렸다. 창고 안에 있던 사람들은 모두 벌떡 일어났다.

"아제!"

학이였다.

"학이구나."

"빨리, 빨리. 대숲으로!"

상삼은 소리 없이 문을 밀고 나갔다. 학이는 갇힌 사람들이 다 빠져나온 것을 확인하고는 문을 다시 닫아걸었다.

대숲에 엎드려 막사를 내려다보았다. 연기가 자욱했다. 그 속에서 할머니와 졸개들이 옥신각신 말싸움을 벌이고 있었다.

"아제, 괜찮아요?"

학이가 상삼의 얼굴을 들여다보았다.

"괜찮아. 그런데 넌 어떻게 왔어?"

"아이쿠, 말도 마세요. 아제 죽었다는 소문이 섬에 쫘악 돌았다니까요. 그래서 재환 아제가 시체라도 찾자며 개척민들을 데리고 태하로 넘어왔어요."

"내가 죽었다고?"

"예에. 도장에게 맞아 죽었다는 소문이…… 엄마가 찬모를 몰래 만나서 알아보았더니 죽지는 않고 창고에 갇혔다기에…….”

"형님이 사람들을 데리고 왔다 이 말이지?"

"신당에서 날이 밝기를 기다리고 있어요."

상삼은 번개처럼 머리를 스치는 생각이 있었다.

"날이 밝기 전에 해야 돼. 넌 형님에게 가서 날이 밝을 때까지 기다리지 말고 지금 당장 개척민들을 데리고 종사관 막사로 들어오라고 해라. 올 때는 모두 횃불을 하나씩 들고 들이닥치라고 전해라. 졸개들이 그쪽을 막는 사이에 우리는 도장을 칠 테니까.”

“그것 참 좋은 방법이오.”

곁에 있던 군졸이 나섰다.

“될 수 있는 대로 가까이 와서 일제히 불을 높이면 좋겠다. 저들이 더욱 당황할 테니.”

다른 군졸들도 고개를 끄덕였다.

학이는 재빨리 대숲을 빠져나갔다.

상삼과 군졸들은 막사 주변을 내려다볼 수 있는 자리로 옮겨갔다.

신당 할매는 여전히 마당에 주저앉아 있었다. 할머니는 모닥불 자리에서 불을 못 피우도록 떼를 쓰고 있었다. 할머니의 옷이 물에 흠뻑 젖어 있었다. 세찬 바람이 젖은 할머니의 옷을 얼음덩이로 만들었다. 고함을 지르는 할머니의 목소리도 떨리고 있었다. 졸개들도 할머니를 어쩌지 못하고 쩔쩔맸다. 도장도 마찬가지였다. 댓돌 위에 서서 할머니를 노려보며 씩씩거릴 뿐이었다. 바람이 몹시 찼다. 추위를 참지 못한 졸개 중 몇은 도장의 눈을 피해 구석진 곳으로 몸을 숨기고 있었다.

상삼은 졸개들의 위치를 하나하나 가리키며 군졸들에게 맡겼다. 군졸들도 어금니를 꽉 물었다.

그때 마을 어귀에서 횃불이 밝혀지면서 함성이 터져 나왔다.

마치 그 불빛을 본 것처럼 칼이 달아오르기 시작했다. 상삼의 팔뚝에도 힘이 실렸다.

"아니, 저건 또 뭐야?"

도장이 고개를 빼고 소리쳤다.

"도장을 잡아라!"

함성과 함께 횃불들이 막사 쪽으로 몰려왔다.

"빨리 막아. 모조리 잡아!"

당황한 도장이 졸개들을 향해 팔을 내저었다. 졸개들이 우르르 막사 밖으로 몰려나갔다. 칼이 기지개를 켜듯이 지그시 등을 밀었다. 상삼도 재빨리 몸을 일으켜 막사 뜰로 뛰어내렸다. 몸이 깃털처럼 가볍게 움직였다. 먼저 구석에 숨어 있던 졸개들을 하나씩 공격했다. 추위에 꽁꽁 언 그들은 반격도 제대로 못한 채 칼등을 맞고 쓰러졌다. 쓰러진 졸개들을 하나씩 창고로 옮겼다. 마당에는 더 이상 졸개들이 보이지 않았다.

도장이 종사관 막사로 몸을 숨겼다.

"저놈을 사로잡아야 하오."

군졸이 막사를 가리키며 상삼의 소매를 끌었다.

군졸들을 본 신당 할매는 긴장이 풀어지면서 땅바닥에 주저앉았다.

"야, 이놈아! 도장이 무슨 큰 벼슬이나 되는 줄 아느냐? 못된 놈 같으니. 섬 백성들이 그렇게 죽어 나가도록 해서는 안 되지. 살아 보겠다고 섬으로 들어온 불쌍한 사람끼리 서로 도와 가며 살아야지. 네놈만 배 두드리며 따뜻한 방구석에서 뒹구니까 좋으냐? 네놈이 죽인 학이 애비도 다 함께 들어온 가족 같은 사람 아니더냐. 그 불쌍한 것을 죽도록 패다니 이 못돼 먹은 놈아!"

신당 할매는 상삼을 보자 그제야 서럽게 울었다. 그동안 참고 있었던 부아가 한꺼번에 치밀어 오는 모양이었다. 도장을 쫓던 상삼은 걸음을 멈추었다.

"하, 할매……."

그대로 두었다가는 할머니가 얼어 죽을 것만 같았다. 곁에 있던 군졸과 눈빛을 주고받고는 재빨리 할머니를 한쪽으로 옮기고 불을 피웠다. 그러고는 할머니를 꼭 안아 주었다. 칼이 우웅 우웅 신당 할매와 같이 울었다.

"할매, 고맙소."

그러는 사이에 도장이 다시 막사 문을 열고 튀어나왔다. 도망칠 기회라고 생각한 모양이었다. 홍 서방을 데리고 담을 넘으려고 하였다.

상삼은 주변을 살폈다. 마침 장작 하나가 눈에 띄었다. 군졸 하나가 먼저 장작을 움켜쥐더니 번개처럼 뛰어나가 바로 도장의 뒤통수를 내리쳤다. 도장은 그 자리에 풀썩 주저앉았다. 군졸들이 달려가서 팔을 묶고는 막사 안으로 끌고 들어갔다. 눈 깜짝할 사이에 도장을 제압하였다. 막사 안에는 놀랍게도 종사관과 군관이 등을 맞댄 채 묶여 있었다. 상삼은 먼저 그들을 풀어 주었다. 군관이 옷을 바로 고쳐 입고는 상삼의 손을 잡았다.

"고맙소. 다른 자들은?"

"여기서 지체할 수가 없소."

상삼이 서둘자 군졸들이 따라나섰다. 졸개들이 몰려간 곳으로 달려갔다. 얼마 가지 않은 곳에 마을 사람들과 졸개들이 마주 버티고 있었다.

칼이 상삼의 손아귀를 꽉 채웠다. 상삼의 몸이 더욱 커지는 느낌이었다. 목소리도 쩌렁쩌렁 섬을 울렸다.

"도장이 잡혔다. 너희들도 반항하지 않으면 살려 주겠다."

그들은 돌아서며 칼을 상삼에게 겨누었다. 상삼은 틈을 주지 않았다. 바로 달려가며 보이는 대로 내리쳤다. 군졸들도 졸개들을 향해 방망이를 휘둘렀다. 이미 겁에 질려 있던 졸개들은 더 싸울 생각을 않고 납작 엎드렸다.

칼이 천천히 식어 갔다. 상삼은 칼을 등에다 멨다. 칼의 힘이 어디서 오는지 어렴풋이 느껴졌다. 더욱이 백성들이 함께할 때 더욱 큰 힘이 솟는다는 게 참으로 신기했다.

"아우! 괜찮은가?"

"예, 형님, 고맙소."

"다행이네. 나는 자네가 맞아 죽었다는 소문을 듣고 정신 없이 달려왔네. 살아 있었구먼. 살아 있었어."

재환은 상삼의 등과 팔을 자꾸만 만졌다.

"고맙소."

함께 달려와 준 개척민들에게도 꾸벅 허리를 굽혔다.

"배 도수, 당신 죽었다는 소식에 우리가 얼마나 놀랐는지 알아요?"

"배 도수, 배 도수 하지 마소. 쑥스럽구먼."

"그럼 뭐라고 불러?"

"그냥 배상삼이라고 부르소."

"좋은 생각이 있소. 학이 애비라고 하는 게 좋겠소."

"그것도 좀 그러네. 아이 참, 모르겠다. 마음대로 하슈."

사람들은 한숨을 돌리며 껄껄껄 웃었다.

"다 아우 덕에 아이들을 구한 사람들이고, 섬에서 살아 보겠다고 요 몇 년 사이에 들어온 개척민들이야."

재환의 말끝에 한 사람이 끼어들었다.

"섬에 들어온 지 오래된 사람들은 도장이 무서워서 다 숨어 버렸소. 우리 신참들은 아직은 덜 무서웠던가 봐."

상삼도 섬사람들의 마음을 너무나 잘 알고 있었다. 도장의 눈

밖에 나면 가족들이 당장 굶어 죽을 수도 있는 어려운 형편이었다. 오래전에 온 사람들일수록 빚이 많았다.

"그래요? 우리 같이 종사관이 있는 막사로 갑시다. 앞으로는 구박받는 그런 일이 없을 거요."

그 사이에 군졸들은 졸개들을 한 줄로 엮었다.

길고 힘들었던 밤이 지나고 새날이 밝아 오고 있었다.

종사관과 군관은 도장을 끌고 선창으로 나갔다. 태하 선창에는 밝은 얼굴을 되찾은 백성들도 배웅을 나왔다.

"배 도수만 믿고 떠나네."

종사관이 환하게 웃으며 배에 올랐다.

"배 도수, 고맙소. 배 도수가 아니었으면 돌아가지 못했을 거요. 우리 임무는 죄인 전석규를 압송하는 것이니 나머지 죄인들은 배 도수가 알아서 처리해 주시오."

군관이 상삼의 손을 힘껏 잡고 흔들었다.

"예, 백성들과 의논하여 처리하겠소."

군관이 상삼 곁에 서 있는 학이를 보더니 활짝 웃었다.

"돌아가는 대로 이번 일에 배 도수 아들이 세운 공이 크다고 보고하겠네. 정말 고마워."

그 말끝에 종사관이 학이를 와락 안았다.

"고마워. 내가 돌아갈 수 있게 된 건 다 네 덕분이야. 잊지 않으마."

동풍이 일어나기 시작했다.

군관이 배에 오르자 닻줄이 풀렸다. 팽팽해진 돛이 배를 뭍으로 끌었다.

가물가물 수평선 너머로 배가 사라질 때까지 섬사람들은 태하 선창에 서 있었다.

울릉도수

상삼은 평온한 수평선을 바라보고 있었다. 그러나 머릿속은 복잡하였다. 창고에 갇힌 졸개들 처리가 가장 큰 고민이었다. 그들을 가둬 둘 옥이 따로 있는 것도 아니었으며, 죄인들을 처리하는 나라 법도 알지 못했다.

종사관이 있던 막사 관아에 가서 창고를 열어 보았다. 스무 명이 넘는 졸개들이 묶인 채 쭈그려 있었다. 나머지는 도방포에 있었다. 그들은 아직 잡아들이지도 못하였다.

"홍 서방! 나 좀 보세."

그들 중에 부두목 소리를 듣는 홍 서방을 일으켰다.

"아제! 조심하세요. 그 사람이 왜놈과 제일 친하대요."

학이가 질겁하며 뒷걸음을 쳤다.

"걱정 마라. 도장도 뭍으로 잡혀간 마당에 무슨 일을 벌이겠느냐?"

홍 서방을 막사 안으로 데리고 갔다. 그러고는 묶었던 줄을 풀어 주었다. 홍 서방은 묶였던 몸이 놓여나자 목과 팔다리를 움직이며 몸을 풀었다. 그러고는 상삼의 눈치를 쓰윽 살폈다.

"홍 서방! 터놓고 의논하고 싶구먼. 당신들을 어떻게 해 주면 좋겠나? 섬 백성들은 당신들을 두려워하고 있다네. 당신들도 가족이 이 섬에 있는데 뭍으로 내보낼 수도 없고, 백성들은 겁을 먹고 함께 살기를 싫어하고…… 어쩌면 좋소? 홍 서방이 한번 답을 내 주소."

"그걸 왜 내게 묻지? 당신이 도수 아니오. 당신 마음대로 하면 될 것 아니오."

그의 말투가 고분고분하지 않았다. 오히려 잡힌 게 분하다는 눈빛을 그대로 드러냈다. 상삼은 참으로 안타까웠다.

"홍 서방, 당신이 부두목 소리를 들을 만큼 도장 다음으로 졸개들을 지휘하였잖소. 그래서 의논하자는 것이오."

"그래서 저들 대표로 나를 처리하겠다는 말이오 뭐요?"

상삼은 마음을 몰라 주는 홍 서방이 원망스러웠다.

"내 말은 그게 아니라 당신들이 섬 백성들에게 그동안 잘못한 일들을 빌고, 가족에게 돌아가겠다면 내가 나서서 백성들을 설

득해 보겠다는 말이오. 그러니까 내 말은 이 섬에서 우리 함께 잘 살아 보자는 것이오."

그 말에 홍 서방은 잠깐 머뭇거렸다.

"…… 우리는 도장의 지시에 따랐을 뿐이오."

뻣뻣한 말투는 그대로였지만 눈빛은 조금 누그러졌다.

"이제는 도장도 뭍으로 잡혀갔고, 당신들만 제대로 살겠다면 집으로 돌려보내주겠소. 내 약속하겠소."

홍 서방은 물끄러미 상삼을 올려다보았다.

"앞으로 섬사람들을 괴롭히는 일은 하지 않겠소. 우린들 그러고 싶었겠소?"

홍 서방이 고개를 숙였다.

"부탁이오. 왜놈들과 연락도 끊고, 고기잡이나 농사를 지으면서 함께 한번 살아 보자고."

"알겠소."

"부하들에게 잘 이야기해 주소."

상삼은 간절한 마음을 담아서 부탁했다. 그러고는 홍 서방을 창고로 돌려보냈다.

한참 뒤 창고에서 나온 졸개들은 상삼과 섬 백성들에게 그동안 잘못을 빌고 가족이 살고 있는 도방포로 돌아가겠다고 했다.

상삼은 그들의 말을 믿고 약속한 대로 집으로 돌려보냈다. 그렇게 할 수밖에 없었다. 달리 방법이 없었다.

상삼도 저동으로 돌아갔다. 백성들이 나서서 도방포 도장이 살던 집에 들어가라고 했지만 상삼은 사양했다. 저동에서 가족들과 대장간 일을 계속하고 싶었다.

상삼은 도수를 맡았지만 으스대며 섬을 돌아다니지 않았다. 다툼에는 공정하게 시비를 가리고, 어려운 사람이 있으면 언제든지 달려가서 내 일처럼 도와주었다. 섬 백성들은 자기가 맡은 땅에서 농사를 짓거나 고기잡이를 하면서 어렵지만 열심히 살았다. 겨울이 물러가고 봄이 온 것처럼 섬은 참으로 평온해졌다. 백성들도 상삼을 믿고 잘 따라 주었다. 도장의 졸개들도 도방포에 있는 자기네들 집으로 돌아갔다. 그들끼리 어울려 다닌다는 좋지 못한 소문이 간간이 들리기는 했지만 말썽은 없었다. 섬에 들어온 일본 사람들도 조용히 지내고 있었다.

그런데 섬의 평화는 오래가지 못하였다.

"왜놈들이 점점 불어나고 있네. 이러다가는 섬이 온통 왜놈 천지가 되겠어."

"뭐라고요? 왜놈들이 불어나요?"

재환이 오랜만에 저동 대장간에 들렀다.

"왜선창이 한동안 잠잠했는데 요즘은 밤낮없이 나무를 싣고 있네. 왜선도 두 척이 더 늘어났어."

"세 척이 되었단 말이오? 우리 백성은 벌목에 나서지 않을 텐데요?"

"우리 백성을 쓸 수가 없으니까 왜놈 인부들을 데려와서 베고, 나르고 있다네. 그 바람에 섬 북쪽에는 왜놈 숫자가 엄청 불어났네."

"누구 허락으로 나무를 벤단 말이오?"

"허락을 누가 했겠는가? 그들 마음대로 훔쳐 가는 것이지."

"상삼은 깜짝 놀랐다. 그런 일을 까맣게 모르고 있었다. 도수로서 해야 할 일을 제대로 못한 꼴이 되고 말았다.

상삼은 도수가 되고 나서 바로 우리 백성들에게 일본 사람의 일을 돕지 못하도록 했으며, 홍 서방과 졸개들에게도 일본 사람들과 어울리지 못하게 하였다.

재환과 이야기를 나누고 있는데 홍 서방이 일본 선장을 데리고 대장간으로 들이닥쳤다. 일본 장사꾼들도 여럿이 그 뒤를 따라왔다.

"백성들에게 외상으로 준 물건 값을 받도록 해 주시오."

선장은 공손한 모습을 보였다.

"물건 값이라니?"

홍 서방이 통역으로 나섰다.

"그동안 백성들이 천과 소금, 곡식을 외상으로 가져가고 아직 돈을 다 치르지 않았소. 그걸 달라는 것이지."

상삼은 잠깐 생각을 정리해 보았다. 이들이 찾아온 목적이 다른 데 있다는 것을 곧바로 느낄 수 있었다.

"그 외상값을 떼먹을 생각은 없구먼. 외상값을 따져 볼 시간을 좀 주소. 백성들과 이야기 나눠 본 뒤에 의논을 다시 하자고 통역해 주소."

상삼의 느긋한 대답에 그들은 조금 당황하는 기색을 보였다. 선장과 눈빛을 주고받은 홍 서방이 다시 나섰다.

"선장 말이 백성들 빚 대신 나무를 가져가고 싶다는데 그렇게 하는 게 좋을 것 같소."

"홍 서방! 그 말은 저 왜인의 생각인가, 당신 생각인가?"

홍 서방은 잠깐 당황하여 멈칫거리다가 말을 이었다.

"저기, 그, 그렇게 따지지 말라고, 내 말은 선장의 생각이 그렇다는 걸 도수에게 쉽게 설명하는 것이오."

"그 말 참 잘 했소. 나무 말이 나왔으니 나도 한번 묻겠소. 그동안 싣고 간 나무 값은 어떻게 되었소?"

"그, 그건…… 잡혀간 도장이 알 거요."

홍 서방은 몹시 당황하여 말까지 더듬었다. 상삼은 그 틈을 놓치지 않고 더욱 몰아붙였다.

"그렇다면 도장에게 사람을 보내야겠소. 과연 그 돈을 도장이

다 먹었는지 알아봐야겠소."

그 말끝에 홍 서방이 느닷없이 버럭버럭 소리를 지르기 시작했다. 마치 자신의 돈을 받지 못한 것처럼 떠들어 댔다. 더구나 선장 뒤에는 힘 있는 사람이 이 일을 관리하고 있다는 말도 하였다. 일본 시마네현 오끼섬에 있는 일본 목재상이 무사들을 동원할 거라며 협박까지 했다. 그러나 상삼은 흔들리지 않았다. 혼자서 떠들어 대도록 가만히 버려두었다. 홍 서방이 지칠 때쯤 한마디 던졌다.

"그동안 백성을 부려먹은 품삯은 물론 그들에게 휘두른 폭력에 대하여 꼼꼼히 따질 것이야. 폭행이 있었다면 그 죄를 엄히 물을 것이오."

나라에서 그 죄를 물어 도장을 잡아갔으며, 나머지 졸개들에 대한 처벌은 상삼에게 맡겼다는 것도 상기시켰다.

"그 일은 도수가 묻지 않고 용서한다고 했잖소."

"그랬지. 용서는 잘못에 대한 반성과 사과 위에서 이루어지는 것이지."

상삼은 거기에서 그치지 않았다. 일본 선장에게도 그동안 저지른 죄를 따져 묻겠다며 무섭게 나무랐다.

대장간 마당으로 백성들이 모여들기 시작했다. 상삼의 기세도 만만치 않았지만 마당을 가득 채운 백성들의 수에 일본 선장은 슬그머니 꼬리를 내렸다.

"내 오늘 돌아가는 게 영영 가는 건 아니오."

하얗게 질린 선장은 상삼을 쏘아보며 빠르게 말했다.

그는 대장간을 나가려다가 멈칫거리며 반석 위에 얹힌 칼을
보았다.

"저 칼은 여기서 만든 거요?"

홍 서방에게 칼을 가리키며 물었다.

"아니요."

홍 서방은 고개를 가로저었다.

"만든 사람은 저자요?"

홍 서방이 상삼을 돌아보며 그러냐는 표정을 지었다. 상삼이
대답하지 않자 다시 물었다.

"배 도수가 직접 만든 거냐고 묻는데?"

"내가 만들었다고 할 수도 있고, 아니라고 할 수도 있지. 많은
이의 정성과 손길이 닿은 검이지."

상삼의 대답이 시원찮게 들렸는지 홍 서방이 상삼을 슬쩍 째
려보다가 선장에게 통역해 주고 있었다. 선장은 칼을 잠깐 동안
바라보다가 대장간을 나갔다. 선장은 한 번 겨룬 적이 있는 그
칼이 예사롭지 않다는 것을 알고 있었다.

벌목은 끝이 난 줄 알고 있었는데 그게 아니었다. 상삼이 모르

는 사이에 도벌은 계속되고 있었다. 일본인들은 은밀하게 나무를 실어가다가 백성들에게 들키자 상삼을 찾아온 것이었다. 상삼을 만나서 협박을 한 뒤에 적당히 거래할 속셈이었다. 상삼을 넌지시 찔러 보았지만 전혀 먹혀들 기미가 없자 그들은 일단 되돌아갔다.

상삼은 지체할 수가 없었다. 당장 왜선창으로 넘어갈 채비를 하였다. 학이 엄마가 그동안 반석 위에 올려 두었던 칼을 내왔다. 상삼의 등에다 단단히 메어 주었다. 오랜만에 메는 칼이었다.

"칼에 마음을 담고 온몸을 맡기세요. 칼과 하나가 될 때를 기다리세요."

"또 그 말이오?"

"자꾸 칼보다 당신 힘, 당신 생각을 앞세우니까 제대로 된 힘이 나오지 않는 거예요."

학이 엄마가 상삼의 등을 툭툭 두드렸다.

"알았소."

"아제! 조금 기다리세요. 저도 함께 갈게요."

학이가 안에서 소리쳤다.

"저놈은 아직도 제 아비를 아제라고 하네."

재환이 혀를 끌끌 찼다.

"입에 익은 게 잘 고쳐지지 않는가 봐요."

학이 엄마가 멋쩍게 웃었다.

그때 학이가 뛰어나왔다.

"아제, 이제 가요."

재환이 버럭 소리쳤다.

"이놈아! 아비에게 아제라니 다른 사람들이 흉보겠다. 당장 고쳐. 아버지라고 불러 봐. 얼른."

재환이 학이를 지그시 쏘아보았다. 학이가 싱긋 웃으며 뒷머리를 긁적였다.

"알았어요. 아, 아, 아버지!"

그 소리에 상삼도 멋쩍게 웃었다.

상삼과 학이의 뒷모습을 바라보면서 재환도 그들 뒤를 따랐다.

"부자가 가는 모습은 보기가 참 좋건만 가는 데가 싸움이라니…… 별일이 없어야 할 텐데."

학이 엄마도 싸우러 가는 사람을 보고만 있자니 가슴이 답답해 왔다.

"잘 해결돼야 할 텐데…… 한동안 조용하게 살았건만."

상삼의 걸음은 나는 것처럼 빨랐다. 나리 마을을 지나 왜선창이 내려다보이는 언덕에서 걸음을 멈추었다. 한참 뒤에 학이가 숨을 헐떡이며 따라붙었다.

"아제! 무슨 걸음이 그렇게 빨라요. 뒤도 좀 돌아보며 가야지."

"이 녀석아! 언제 그 말을 고치겠냐?"

"뭔 말을 고쳐요?"

상삼은 고개를 돌려 학이를 지그시 내려다보았다.

"또 아제로 돌아갔냐? 언제쯤 '아버지'라 하겠냐 이 말이다."

"아하, 죄송, 죄송해요. 아, 아버지."

"그게 그렇게 어렵냐?"

상삼은 고개를 다시 돌리며 피식 웃었다. 학이는 혼자서 뒷머리를 긁적이며 상삼을 따라 왜선창을 내려다보았다. 선창에는 도벌한 목재들이 잔뜩 쌓여 있었다. 인부들이 나서서 천수환으로 목재들을 옮기고 있었다. 왠지 인부들 낯이 익었다.

"자세히 한번 봐. 저기 일하는 사람들 아는 얼굴 아니야?"

학이도 믿어지지 않았다. 그곳에서 목재를 나르고 있는 사람들 중 몇몇은 섬 백성들이었다.

"우리 백성인데요."

상삼은 가슴이 답답해졌다. 곡식을 빌린 빚은 이미 일해 준 것만으로도 충분하다고 일러 주었다. 그런데 백성들은 여전히 천수환에 목재를 싣는 데 불려 와 있었다. 정말 믿을 수 없는 일이 벌어지고 있었다.

"왜놈들을 우리 섬에서 쫓아내야 끝이 날 거 같아요."

학이는 화가 나는 모양이었다.

상삼도 같은 생각을 하고 있었다. 일본 사람들을 하루빨리 내보내야겠다고 생각했다. 상삼은 성큼성큼 언덕을 내려갔다.

"여기서 뭐 하고 있소?"

왜선창으로 들어서면서 일하던 백성들에게 냅다 고함부터 질렀다. 놀란 백성들이 얼굴을 가리려고 고개를 숙였다. 목재 뒤로 몸을 숨기기도 했다.

"다 보고 왔구면. 빨리 집으로 돌아들 가소."

목재 뒤에 숨었던 백성들이 허둥지둥 선창을 벗어났다. 그러나 몇몇은 집으로 돌아가지 않고 눈치를 보며 머뭇거렸다.

"선장! 이리 나오시오."

상삼이 배를 올려다보며 목재를 탕탕 두드렸다. 한참을 기다렸지만 배에서는 아무런 대꾸가 없었다.

"안 되겠구면."

상삼은 선창을 벗어나지 않고 눈치를 보고 있던 백성들을 손짓해 불렀다.

"저 목재들을 언제부터 실었소?"

"여러 날 되었구면요."

대답이 시원하지 않았다. 상삼은 더 묻지 않았다.

"지금부터 수고 좀 해 주셔야겠소. 목재들을 다시 내려 주시오."

"저어기 그게…….."

사람들은 선뜻 나서지 않고 뒷걸음을 쳤다.

"아버지, 저기 보세요."

학이가 긴장한 목소리로 외쳤다. 일본 사람들이 칼과 몽둥이를 들고 배에서 내려오고 있었다. 갑판 위에서는 선장이 내려다보고 있었다.

"아버지, 칼, 칼을 빼요."

느릿하게 움직이는 상삼을 보다 못한 학이가 서둘렀다.

"아냐, 칼을 들면 사람을 다치게 하잖아. 좀 더 기다려 보고."

상삼의 마음과는 달리 한 발, 한 발 다가오는 그들의 눈빛은 무슨 일을 저지를 것 같았다. 스무 명 정도가 상삼에게 칼을 겨누었다. 여차하면 한꺼번에 달려들 기세였다. 상삼은 맨손이었다.

"쳐라! 죽여도 좋다."

갑판 위에서 선장이 일본말로 소리쳤다. 선장은 상삼만 없어진다면 섬은 다시 자기 세상이 될 거라는 생각을 하고 있었다. 더구나 지난번에 조타실을 부순 일도 복수하고 싶었다. 그 말이 떨어지기 무섭게 앞줄에 섰던 선원들이 칼을 쳐들고 달려들었다. 칼끝이 상삼의 턱밑을 스치듯 지나갔다. 만만하게 볼 상대가 아니었다. 이번에는 둘째 줄에 섰던 선원들이 칼을 들고 달려와 내리쳤다. 상삼은 피하기만 할 수가 없었다. 재빨리 주변을 살피니 목재 쌓인 게 곁에 있었다. 맨 위에 얹힌 통나무를 덥석 안아 들었다.

"이야압!"

기합 소리와 함께 쳐든 통나무를 한 바퀴 휘돌렸다. 통나무에 부딪친 선원들이 나가떨어졌다. 바다로 나가떨어지기도 했다. 또 한 차례 휘돌렸다. 선창에 칼 든 선원들이 사라졌다. 모두 낑낑대며 도망쳤다. 통나무를 바닥에 내던져 버린 상삼이 손을 허리에 척 올리고는 구경하고 있던 백성들을 향해 돌아서며 말했다.

"자, 이제 걱정하지 말고 나무를 내리시오. 저 나무는 왜놈의 것이 아니라 귀한 우리 나무요."

"땅!"

그때 바다를 흔들며 총소리가 났다. 모든 게 정지되는 순간이었다. 거의 동시에 뒤돌아서 있던 상삼이 고목처럼 앞으로 푹 고꾸라졌다.

"아버지!"

학이가 상삼을 끌어안았다.

"하, 학아! 나 괜찮아. 칼을……."

상삼이 숨을 헉헉대며 한 손을 저었다.

"칼을 빼라고요?"

학이가 상삼의 등에서 칼을 뽑았다. 칼이 뜨거웠다. 학이는 칼 가운데에서 물방울 자국 같은 상처를 보았다. 칼이 총알을 가로 막은 것이었다.

"나쁜 놈!"

화가 치민 학이가 칼을 움켜쥔 채 돌아섰다. 선장이 이번에는 학이를 향해 총을 겨누었다.

"아, 아, 아."

선창에 모여 있던 사람들이 모두 얼굴을 감싸며 선창 아래로 몸을 피했다. 학이는 피하지 않았다. 칼을 쳐들었다. 그 순간, 누 군가가 학이를 목재 뒤로 낚아채 갔다. 칼은 학이의 손에서 벗어 나 상삼의 억센 손으로 날아갔다. 상삼이 천수환을 향해 달려가 며 칼을 쳐들자 칼은 잉잉거리는 소리와 함께 하늘로 날아올랐 다. 상삼도 칼을 따라 허공을 날았다. 칼은 심지가 타들어 가던 선장의 총을 내리쳤다. 그야말로 눈 깜짝할 사이였다. 한차례 회 오리가 지나간 것 같았다. 선장은 갑판 위로 나동그라지면서 서 너 바퀴를 굴렀다. 총은 크게 원을 그리며 공중을 날아서 바다 가운데 떨어졌다. 칼은 상삼의 손에서 부르르 떨었다. 뜨겁던 칼 이 다시 싸느랗게 식어 갔다.

"우리가 지금 뭘 본 거지?"

사람들은 똥그레진 눈으로 서로 얼굴을 쳐다보았다. 믿어지지 않는 일이 순식간에 지나갔다.

상삼은 천천히 몸을 일으키며 온몸을 움직여 보았다. 다친 데는 없었다. 크게 숨을 들이키고는 갑판 위에 나뒹굴어진 선장에게 다가갔다. 갑판 위에도 우리 백성들이 여럿 있었다. 겁을 먹고 있던 그들이 우르르 상삼의 뒤로 옮겨갔다.

선장은 선원들 뒤로 도망가서 그들을 방패로 삼았다. 선장을 잡으려고 따라붙자 일본 선원들이 앞을 막았다. 선실에서 선원들이 자꾸만 올라왔다. 갑판을 가득 채웠다. 상삼과 백성들을 에워싼 꼴이 되었다. 포위된 셈이었다. 상삼은 칼을 휘두를 수가 없었다. 잘못하다가는 백성들이 다칠 것만 같았다. 앞에 선 일본 선원이 칼을 휘둘렀다. 공기를 베며 날카로운 소리가 스쳐갔다. 상삼은 칼을 칼집에 넣고는 그를 쏘아보았다.

"내 너희들을 다치게 하고 싶지는 않다. 선장을 이리 보내라."

주춤주춤 물러나던 선원들이 다시 칼을 휘둘렀다. 상삼은 오히려 그 칼날을 향해 한 발씩 다가갔다. 그들이 뒤로 물러났다. 갑판 끝까지 밀려간 그들은 더 이상 물러날 수가 없었다.

"칼을 바닥에 내려놓아라. 나는 싸우러 온 사람이 아니다."

"다들 물러나라."

그제야 선장이 앞으로 나섰다.

"약속을 어긴 네놈만큼은 용서하지 않을 것이다."

상삼은 등에 강한 아픔을 느꼈다. 총알을 받은 충격이 그제야 살아났다.

"어디 한번 마음대로 해 보시지."

다시 정신을 가다듬은 선장은 실실 비웃으며 칼을 뽑아 들었다.

"좋다. 둘 중 하나가 사라질 때까지 싸우자."

상삼은 좀 더 넓은 갑판으로 자리를 옮겼다. 서로 칼을 휘두르며 상대의 빈틈을 노렸다. 그러다 한 번씩 공격을 주고받곤 했다.

'칼에게 마음을 담고 온몸을 맡기세요. 칼과 하나될 때까지 기다리세요.'

학이 엄마의 말소리가 또렷이 살아났다. 천천히 호흡을 가다듬으면서 칼이 움직이기를 기다렸다. 칼이 잉잉거리며 선장의 정신을 혼란스럽게 만들었다. 선장은 칼이 내는 소리를 베듯이 허공을 갈랐다. 칼이 상삼의 어깨를 약간 비켜 지나갔다. 그 순간 상삼의 칼이 파도가 덮치듯 선장의 칼을 내리쳤다. 칼이 서로 부딪치면서 날카로운 쇳소리를 내더니 칼 하나가 바닥에 나뒹굴었다. 선장이 칼을 놓친 채 바닥에 나자빠졌다. 상삼의 힘도 힘이지만 내려친 칼의 진동이 선장의 손을 못 쓰게 만들었다. 상삼은 기회를 놓치지 않고 선장의 목에 칼을 겨누었다. 조금이라도 움직이면 칼끝이 선장의 목을 파고들 것만 같았다.

"약속을 지킬 것인가?"

선장은 쉬이 대답하지 않았다. 새파랗게 질린 얼굴이 실룩거렸다. 입술이 파르르 떨렸다. 뱃전으로 물러선 선원들은 선장의 눈치를 살피고 있었다.

"어떡할 거야?"

상삼이 다시 그를 다그쳤다. 칼끝은 선장의 목을 더욱 압박했다. 선장의 눈이 아래로 내려가더니 칼끝을 보았다.

"어떡할 거냐고?"

"다, 당신 뜻대로 하겠소."

긴 숨을 내쉬며 작은 소리로 중얼거렸다.

상삼은 천천히 칼을 거두었다. 선원들이 선장을 일으켜 상삼에게서 멀찍이 떨어졌다. 선장이 선원들의 팔을 뿌리치고는 옷매무새를 바로 했다. 그러고는 상삼을 똑바로 보았다.

"내 마음대로 못하는 게 있소."

선장의 말투는 다시 당당해져 있었다. 자기도 심부름꾼이라는 말이었다. 그러나 상삼은 고개를 천천히 가로저었다.

"그것은 당신네들 형편이오. 이 섬은 우리 땅이오. 이 섬에 들어와 있는 일본 사람들을 다 데리고 나가시오. 보름 여유를 주겠소. 당신네들이 데리고 왔으니 데리고 나가야 하오."

선장은 잠깐 뜸을 들였다. 상삼은 그의 대답을 기다렸다.

"어려울 거 같소."

선장은 어려운 이유를 길게 늘어놓았다. 모든 일본 사람을 선장이 데리고 온 게 아니라고 하였다. 그들은 하는 일도 다 다르며, 바닷가와 산속 곳곳에 흩어져서 막을 치고 살기 때문에 그들을 모으는 일도 어렵지만 말을 듣지도 않을 거라고 했다. 또 말을 듣는다고 하여도 천수환 한 척으로는 인원이 너무 많다고도 하였다.

"그래서 어렵다고? 그것 역시 당신네들 사정이오. 당신네 사람들이니까 당신네 나라와 의논하시오. 보름이 어렵다면 한 달의 여유를 주겠소. 더 이상 다른 방법은 없소."

상삼의 말을 홍 서방이 통역해 주었다. 제대로 전하는지 알 수는 없었지만 우리 편에 서기보다 일본 선장의 편에 서서 말하고 있다는 것을 느낌으로 알 수가 있었다. 선장은 고개를 끄덕였다. 마지못해 하는 몸짓이었다. 상삼은 다시 한 번 분명하게 못을 박았다.

"너희들이 함부로 남의 나라에 침입하여 나무를 훔쳐 간 일이 한두 번이 아니었다. 너희들이 한 짓으로 봐서는 마땅히 목숨을 끊어야 하지만 목숨은 살려 주겠다. 그러나 도벌한 나무는 절대 가져가지 못한다. 이번엔 빈 배로 돌아가라."

선장은 상삼을 쏘아보았다. 그러나 다른 말은 하지 않았다.

"아버지, 조타실에⋯⋯."

곁에 서 있던 학이가 상삼에게 속삭였다.

상삼이 배에서 내려오면서 슬쩍 조타실을 살폈다. 언뜻 지나가는 얼굴들이 있었다. 도장의 졸개들이었다. 다시 올라갈까 하는 생각도 들었지만 이내 생각을 바꾸었다. 일본 사람들 앞에서 우리끼리 다투는 것은 피하고 싶었다.

"아버지이."

학이는 상삼이 못 알아들은 줄 알고 다시 상삼을 불렀다.

"알고 있다."

상삼은 다른 말은 하지 않은 채 학이 손을 꽉 잡았다.

배신

    이튿날 아침, 상삼은 도방포로 넘어갔다. 먼저 홍 서방 집을 찾았다. 홍 서방은 없었다. 다시 도장이 머물던 집으로 갔다. 도장이 떠난 지 여러 달이 지났지만 집은 여전히 섬 백성을 을러대고 억누르는 모습 그대로 산 중턱에 거만하게 앉아 있었다. 처음 도수를 맡았을 때 사람들은 상삼에게 이 집에 머물기를 권했다. 그러나 집의 이런 모습이 영 마음에 들지 않았다. 햇살을 온통 혼자 다 끌어안고 있는 것처럼 욕심이 가득한 집이었다.

    "사람이 살고 있는 것 같은데, 문을 열고 들어가야 하나?"

    상삼은 대문 앞에서 중얼거리며 잠시 망설였다.

    "그럴 필요 없소."

    마치 기다리고 있었다는 듯, 홍 서방이 문을 열고 나왔다. 누군가가 미리 연락을 준 것 같은 느낌이 들었다.

"홍 서방!"

홍 서방의 얼굴이 잔뜩 굳어 있었다. 상삼은 안으로 들어섰다. 도장의 옛 졸개들이 천천히 마당으로 내려왔다. 왜놈과 거래를 끊고 가족과 살겠다는 약속을 받고 풀어준 졸개들이었다. 그런데 여전히 자기네들끼리 어울리고 있는 듯했다. 도장의 집이 그들의 소굴이 되고 있는 게 틀림없었다.

상삼은 마음을 단단히 먹고 댓돌 위로 올라섰다. 유리문을 열고 거실로 오르려다가 학이를 돌아보았다.

"학아! 너는 포구로 가서 같이 온 사람들에게 기다리라고 전해라."

그 말을 하면서 눈을 끔쩍였다. 학이도 이내 그 눈짓을 알아채고는 그 집을 빠져나왔다. 같이 온 사람들은 없었다. 그러나 졸개들에게 다른 사람들도 와 있는 것처럼 보이고 싶었다.

상삼이 마루 가운데 앉자 홍 서방이 맞은편에 자리를 잡았다. 졸개들은 곁에 앉고 몇 사람은 뒤에 둘러섰다. 이들은 이미 홍 서방을 두목으로 일본 선장과 일을 꾸미고 있는 게 분명했다. 홍 서방은 칼을 옆구리에 차고 팔짱을 끼고는 상삼을 쏘아보며 기싸움을 시작하였다. 한동안 서로 말 없이 노려보기만 했다. 상삼은 그들을 차례차례 훑어보고는 입을 뗐다.

"함정에 빠진 기분이구먼."

상삼은 일부러 너스레를 떨었다. 칼이 지그시 등을 밀었다.

"배 도수! 일본 사람들을 다 쫓아낼 자신이 있소?"

홍 서방이 불쑥 일본 사람 이야기를 꺼냈다.

"내 집에 도둑이 들어와 있다면 응당 쫓아내야지. 안 그렇소?"

"지금까지 백성들이 먹고 살 수 있었던 게 누구의 덕인 줄 아시오? 우리가 굶어 죽게 되었을 때 곡식을 나눠 준 게 그들이오. 나라에서 우리에게 해 준 게 뭐요?"

홍 서방은 조금도 물러설 기미를 보이지 않았다. 홍 서방은 자기네들이 한 짓은 먹고 살기 위한 것이었으며, 일본 사람들이 준 곡식으로 백성들이 굶어 죽지 않고 여태까지 살아올 수 있었다는 주장을 하였다. 도장이 늘 하던 말이었다.

상삼도 물러서지 않았다.

"왜놈들이 벌이는 벌목장으로 백성들을 동원한 것도 백성을 위한 것인가?"

상삼도 목소리를 높였다.

"그렇소."

"품삯을 백성들에게 나누어 주었단 말인가? 그렇다면 자네들은 무슨 일로 먹고 살았는가?"

이 물음에서는 홍 서방은 잠깐 머뭇거렸다. 상삼은 틈을 주지 않고 더욱 거세게 몰아붙이기 시작했다.

"너희들이 칼과 몽둥이로 백성들을 위협하여 농사지을 틈도 주지 않은 채 벌목장으로 내몰았잖아. 그러니까 백성들은 빚을 갚을 수가 없었던 거야. 너희들과 선장은 그걸 노린 거야. 우리 백성을 종으로 만들기 위하여 헤쳐 나오지 못할 함정으로 몰아넣은 거야."

상삼은 화가 치밀어 올랐다. 무릎에 올려 둔 두 주먹이 부르르 떨었다.

"우리가 그들을 종으로 만든 것이 아니오. 그들 스스로 곡식을 꾸어 갔으며, 그 빚을 갚으려고 제 발로 찾아와서 나무를 베었던 것이오."

끝까지 엉뚱한 변명으로 발뺌을 하였다.

"엉뚱한 소리로 죄를 피해 갈 생각은 하지 마소. 백성들을 종으로 만들어 정작 배를 불린 것은 너희들이고 왜놈들이야. 심지어 벌목장에 오지 못하는 집 여자와 아이들을 잡아간 것도 알고 있소."

그들의 뻔뻔함에 상삼은 폭발하고 말았다. 부르르 떨던 주먹이 마침내 앞에 놓인 탁자를 내리쳤다. 탁자는 단박에 두 동강이 나고 말았다.

"정 이러시면 올봄을 넘기지 못하고 백성들 절반은 굶어 죽을 것이오. 그 책임은 모두 배 도수에게 돌아갈 것이오. 허기진 백성들이 배 도수에게 어떤 일을 벌이는지 두고 보겠소."

홍 서방은 오히려 능글능글한 웃음을 보이며 협박을 하고 나섰다.

"이야기가 될 줄 알고 왔더니 이야기가 통하지 않구먼. 내 너희들의 죄를 물어 왜놈들 다음으로 너희들을 이 섬에서 쫓아낼 것이야."

상삼은 마지막 말을 남기고 일어섰다.

"얘들아! 도수께서 가시겠단다. 잘 모셔라."

"예, 두령님!"

홍 서방이 새로운 두령이 되어 또 다른 도둑 패거리를 만들고 있었다. 홍 서방 말이 떨어지자 바로 칼들이 상삼의 머리 위로 날아왔다. 상삼은 칼과 하나가 되기를 기다릴 여유가 없었다. 칼을 뽑아 날아오는 칼들을 막으며 몸을 날렸다. 창을 박차고 마당 가운데로 뛰어내렸다. 온몸이 얼얼하고 아팠다. 졸개들이 우르르 따라 나왔다. 졸개들도 만만한 상대는 아니었다. 좁은 마당에서 마치 줄을 지어 달려드는 것처럼 한 사람이 쓰러지면 또 마주쳐 오고, 쓰러지면 또 새로운 상대가 달려들었다. 상삼은 상삼대로, 칼은 칼대로 제각각 날뛰는 것만 같았다. 상삼도 숨이 가빠 오면서 점점 지쳐 갔다.

"얘들아! 그만 뒤로 물러라."

창가에 버티고 섰던 홍 서방이 손을 들어 싸움을 멈추게 했다. 홍 서방의 한마디에 졸개들이 몇 걸음 뒤로 물러났다. 홍 서방이 한 손으로 난간을 짚더니 훌쩍 뛰어내렸다. 상삼이 뛰어내리는 것보다 더욱 여유가 있어 보였다.

"이제 그만하시지요, 배 도수."

"싸움은 너희들이 먼저 걸어 온 것이야."

"아하, 그렇군요. 얘들아! 칼을 거두어라. 그리고 잡아 둔 아이를 이리 데리고 오너라."

창고 문이 열리면서 학이가 졸개들에게 끌려 나왔다. 그 뒤에는 홍 서방 아들이 버티고 있었다. 상삼은 분통이 터졌지만 어쩔 수가 없었다. 칼을 내렸다.

"아이를 이리 보내라."

"앞으로 도방포에서 우리가 하는 일에는 간섭하지 마시오. 우리도 도수의 일에는 관심을 두지 않겠소. 어떻소?"

홍 서방은 상삼을 꼼짝 못하게 만들었다.

홍 서방 일당은 상삼과 학이 둘만 도방포에 들어온 것을 이미 알고 있었다. 그들은 미리 상삼을 사로잡을 계획을 치밀하게 세워 놓고 있었다. 그렇다고 섣부른 약속을 그들에게 해 줄 수는 없었다.

"아이를 인질로 삼는 것은 더 큰 죄를 짓는 것이야."

상삼은 그들을 달래 보았다. 쉽게 넘어올 사람들은 아니었다.

"이게 마지막이오. 우리는 당신과 하루 종일이라도 싸울 힘이 있소. 자, 아이를 살리겠소, 우리와 끝까지 싸우겠소?"

상삼은 팔이 꺾인 채 힘들어하는 학이 얼굴을 보았다. 학이의 고통을 더 이상 놓아 둘 수가 없었다. 가슴이 아릿하게 아파 왔다.

"좋소. 아이를 내게 보내 주시오."

학이가 상삼에게로 달려왔다.

"대문은 열려 있으니까 아이를 데리고 나가시오. 약속은 지키는 게 좋을 거요."

상삼은 학이를 데리고 대문 밖으로 쫓겨났다. 어깨를 축 늘어뜨리고 대문을 나서는데 문 밖 골목에서 도방포 백성들이 기웃대고 있었다. 그들은 모든 일을 보고 있었다. 상삼과 학이를 슬슬 피하며 지나가도록 길을 비켜 주었다. 어쩌다가 상삼과 눈이 마주치기라도 하면 화들짝 놀라며 고개를 돌렸다. 그들은 상삼의 편이 되어 주지 않았다. 힘이 센 쪽을 찾아가는 눈치꾼들이었다. 그들은 싸움이 끝난 것을 알고는 슬금슬금 집으로 돌아갔다.

"아버지, 죄송해요."

학이가 홀쩍거렸다.

"아니다. 네 잘못이 아니야. 내가 신중하지 못했어. 그들을 믿은 내 탓이야."

상삼은 학이의 손을 꽉 잡았다. 그들 뒤를 따르는 사람은 아무도 없었다.

저동으로 돌아온 상삼은 바닷가로 나가서 멍하니 앉아 있었다. 어둠이 바다를 건너 성큼성큼 다가왔다. 파도가 밀려와서 바짓가랑이를 찰박찰박 적시는데도 일어나지 않았다. 바윗덩이처럼 앉아 있었다.

"들어갑시다. 밤이 깊었어요. 그들을 제압할 방법이 생기겠지요. 뜻이 선하면 하늘이 도울 겁니다."

학이 엄마가 내려와서 상삼을 달랬다.

"학이는 자요?"

학이가 걱정되었다.

"졸개들한테 잡히는 바람에 아버지 일을 그르쳤다며 훌쩍이다가 잠들었어요."

"그 녀석 참……."

학이를 보아서라도 마음을 추슬러야 했다.

"걱정 마세요. 곧 마음을 잡을 거예요."

"미안해요. 학이를 잘 지켜야 하는데…… 내가 좋은 아비가 될 능력이 없는가 봐요."

"무슨 말씀을 그렇게 하세요. 우리는 당신 덕에 새로 살고 있는 것이라고요."

상삼이 일어섰다. 어디선가 달콤한 꽃향기가 다가왔다.

"꽃향기 같소."

"봄에는 꽃향기가 더욱 진하지요. 겨울을 견뎌 냈기 때문에 향기가 더하대요."

두 사람은 바람에 실려 온 꽃향기를 가슴 가득히 담았다.

집에 들어온 상삼은 벽에 걸어 둔 칼을 내려서 등에다 멨다.

"아니, 이 밤중에 어딜 가려고요?"

"쉬잇! 학이 깨겠소. 내 다녀오리다."

학이 엄마가 말려 보았지만 소용없었다. 상삼은 문을 나서다가 걸음을 멈추었다.

"저기 말이오. 오늘도 칼이 마음먹은 대로 되지 않았소."

"그게 무슨 말씀이에요?"

"어떨 때는 힘이 펄펄 나는데 어떨 때는 칼 때문에 내가 지치겠소. 오늘도 그랬소."

"그러니까 칼과 하나될 때까지 기다리라고 했잖아요."

"그게 어디 말처럼 쉽소? 기다리는 사이에 칼과 총알이 내 목을 뚫는데……."

"그 칼은 백성을 위해 만든 것이잖아요. 기다리지 못할 때는 백성들 마음을 헤아려 보세요. 백성의 마음을 칼에 얹어 보세요."

상삼은 물끄러미 학이 엄마를 바라보았다.

"그 말은 어째 더 어렵소."

상삼은 말을 끊고 다시 돌아섰다.

학이 엄마는 혼자서 나가는 상삼이 아무래도 마음이 놓이지 않았다.

"학이라도 깨울까요?"

"쓸데없는 소리, 그냥 자게 두소."

"칼이 움직이지 않을 때는 백성들 마음을 읽어 보세요."

학이 엄마는 또 같은 말을 하였다.

상삼은 대꾸하지 않았다. 그냥 속으로 '알았소.' 하고 말했다.

자정이 넘어가고 있었다. 그러나 도방포로 넘어가는 길은 익숙했다.

홍 서방이 머물고 있는 도장의 집으로 갔다. 담 그늘에 몸을 숨기고 주변을 살펴보았다. 다행히 지나다니는 사람이 없었다. 도방포에서는 믿을 사람이 없다고 생각했다. 손을 뻗어 칼자루를 움켜쥐어 보았다.

'백성들 마음을 읽으라고? 백성의 마음을 얹으라고?'

가만히 중얼거리며 담벼락 위에 두 손을 올렸다. 소리 없이 몸이 솟구치더니 가볍게 담을 넘었다. 다시 한 번 칼자루를 쥐었다 놓았다. 신중하게 또 신중하게 발걸음을 옮겼다. 앞문을 지나 뒤로 돌아갔다. 이 층 뒤창을 열고 들어갈 생각이었다. 집이 비탈에 앉아 있었기 때문에 뒤뜰이 이 층에 가까울 만큼 높았다. 높이를 가늠해 보았다. 힘은 들겠지만 못 뛰어오를 만큼 높은 것은 아니었다. 상삼은 근처에 놓인 함지와 돌덩이를 딛고 일 층 추녀에 올라가서 이 층 창을 빼냈다. 발을 조금만 잘못 디뎌도 몸무게 때문에 추녀를 받친 나무 판때기가 소리를 지를 것만 같았다.

홍 서방이 머물고 있을 것 같은 안방 문 앞에 섰다. 숨을 한 번 크게 들이쉬었다. 의외로 마음이 차분하게 가라앉고 생각이 맑아졌다. 문을 열고는 바로 홍 서방의 가슴을 내리눌렀다. 홍 서방이 정신을 차리고 달려들 틈을 주지 않았다. 바로 팔을 꺾고는 준비해 간 줄로 팔과 다리를 묶었다.

"네놈은?"

뒤늦게 정신을 차린 홍 서방이 소리쳤다. 상삼은 여유를 두지 않았다. 입을 틀어막고는 머리띠를 풀어서 재갈을 채웠다. 바로 어깨에 메고 창고로 내려갔다. 학이 엄마가 갇혀 있던 곳이었다. 다행히 집 안에는 아무도 없었다. 도장 패거리가 소굴로 쓰는 게 분명했다. 창고에는 칼이 가지런히 세워져 있었으며, 한쪽에는 총까지 있었다. 창고 가운데 기둥에다 홍 서방을 묶었다. 홍 서방이 몸부림을 쳤지만 소용이 없었다. 제대로 묶인 것을 확인하고 창고를 돌아보다가 상삼은 깜짝 놀랐다. 창고 안이 곡식으로 꽉 차 있었다. 그야말로 곡식이 차고 넘쳤다. 지난번 학이 엄마를 구하러 왔을 때는 미처 보지 못했던 것들이었다.

"정말이지, 믿을 수가 없어. 도대체 이놈들의 음모가 무엇이란 말인가? 섬을 통째로 왜놈에게 넘길 작정인가?"

고개를 절레절레 흔들며 돌아서는데 창고 구석 어두운 곳에서 신음 소리가 가늘게 들렸다.

"살려 주세요!"

상삼은 소리 나는 쪽으로 가 보았다. 어둠뿐이었다. 잘못 들은 게 아닌가 하며 돌아서는데 다시 또렷하게 사람 소리가 들려왔다.

"살려 주세요."

상삼이 가마니들을 몇 개 옮기자 희미한 달빛이 촘촘한 창살을 비추었다. 그 안에 사람들이 갇혀 있었다. 이것저것 생각할 겨를도 없었다. 곁에 있던 막대기를 지렛대로 창살을 뜯어 냈다. 사람들이 비틀거리며 빠져나왔다.

"어떻게 된 일이오? 왜 여기 갇혀 있소?"

"자기네들 말을 듣지 않는다고 잡아다가 이렇게……."

"지난번 태하에서 배 도수를 도왔다고 붙잡혀 왔어요."

"왜놈들과 다퉜다고 홍 두령 졸개들이 우릴 잡아 온 거요."

잡혀 있던 사람들이 저마다 억울한 이야기를 하나씩 늘어놓았다.

"홍 두령과 그 패거리가……."

상삼은 말이 나오지 않았다

"도장이 잡혀가고 저놈이 두령이 되었다오, 자기네들끼리 그렇게 불러요."

"저놈들 눈 밖에 나서 잡혀 왔다고요? 그게 사실이오?"

다들 홍 서방을 노려보았다.

상삼은 기가 막혔다. 창고를 가득 채운 곡식은 바로 백성들의 눈물이고 고통이었다. 왜놈들에게 동남의 세 섬이 통째로 넘어갈 수도 있겠다는 생각이 들었다. 더 머뭇거릴 시간이 없었다. 눈치 채기 전에 졸개들을 모두 잡아야 했다.

"한 가지 부탁이 있소. 지금 바로 마을로 돌아가서 모레 낮에 마을 대표를 도방포, 바로 이 집으로 보내 주시오."

그들을 모두 집으로 돌려보냈다. 그들은 마치 새들처럼 재빨리 가족이 기다리는 집으로 날아갔다.

대문을 나서자 검은 그림자가 불쑥 나타났다.

"아버지!"

학이와 아내였다.

"어떻게 여기까지?"

"아니, 여기 간다고 말을 해야지. 마음 졸이는 가족도 좀 생각해 줘야지요."

학이 엄마가 가슴을 쓸어내리며 나무랐다.

"위험하니까 그랬지."

그러자 학이 엄마가 고개를 저었다.

"나 이제는 떨어져 있지 않을 거예요. 죽어도 같이 죽을 거예요."

학이 엄마는 옛일을 떠올리고 있었다. 도장과 졸개들에게 잡혀가서 죽은 남편을 끝까지 지켜 주지 못했던 게 늘 미안했다.

"나는 아버지 옆에 붙어 있겠다고 이미 약속했잖아요."

"그래, 그래. 고맙다."

상삼은 두 사람을 부둥켜안았다. 참으로 편안했다.

"이제 집으로 가는 거예요?"

학이 엄마의 말에 상삼이 고개를 저으며 바다 쪽을 가리켰다. 그쪽에 가서 숨어 있으라는 손짓이었다.

"나는 아버지 옆에 붙어 있겠다고 했잖아요."

학이가 더 바짝 다가들었다.

"나도 어디든 따라가겠어요."

학이 엄마도 손을 거세게 흔들었다.

상삼은 더 이상 말리지 않았다. 손가락을 들어 조용히 따라오라고 일렀다.

상삼은 근처에 모여 살고 있는 졸개들 집을 일일이 찾아다니며 그들을 하나하나 잡아서 창고에다 묶었다. 칼 한 자루만 들고 졸개 수십 명을 잡아들였다. 칼은 바람처럼 가볍게 때로는 거세게 상삼에게 힘을 주었다. 그런데 놀라운 것은 졸개들 창고에도 하나같이 곡식이 차고 넘쳤다.

상삼은 저동으로 넘어가지 않고 도방포에 머물렀다. 물론 학이와 엄마도 상삼의 곁에 함께 있었다.

이틀 뒤, 마을 대표자들이 도방포로 모였다. 그들 앞에 홍 서방과 졸개들을 끌어냈다. 그동안 창고마다 숨겨 두었던 곡식도 도장의 집 마당에다 꺼냈다. 커다란 곡식 산이 만들어졌다. 이를 본 사람들 눈이 휘둥그레졌다. 도저히 믿을 수 없다는 얼굴이었다. 섬 백성들은 굶어 죽지 않으려고 벌목장에서 종처럼 일을 했는데 곡식을 산처럼 쌓아 놓고 지냈다니 놀라움이 서서히 분노로 바뀌어 갔다.

"백성들을 팔아서 자기네들 배를 채워 왔구나."

백성들의 분노가 부글부글 끓어올랐다. 어떤 사람은 마당 구석에 있던 돌덩이를 집어 들어 졸개들을 치려고 하였다.

"조금만 참아요."

상삼이 손을 들어 그를 말렸다. 그러고는 홍 서방에게로 고개를 돌렸다.

"홍 서방, 아니 홍 두령! 당신이 걱정을 했지? 왜놈들을 쫓아 버리면 우리 백성들이 봄을 넘기지 못하고 굶어 죽을 거라고. 그런데 굶어 죽지 않고 살아갈 수 있는 방법을 당신들의 창고에서 찾았소. 또 하나 지금까지 우리 백성들이 종처럼 끌려 나와 일을 했건만 늘 배를 곯았던 이유도 너희 놈들의 창고에 있더구먼."

상삼은 말을 잠깐 끊고는 홍 서방과 그 졸개들을 둘러보았다. 홍 서방이 싸늘한 눈빛으로 상삼을 쏘아보았다. 그러나 뭐라고 대꾸는 하지 못하였다.

"어떤가? 너희들의 창고에 있던 곡식을 내게 빌려줬으면 좋겠네. 내 살아가면서 천천히 갚을 테니."

역시 홍 서방은 대답하지 않았다. 얼굴이 파랗게 질리면서 입술을 파르르 떨었다.

"허락하는 것으로 알겠네. 그리고 낮에 있었던 홍 서방과 내약속은 없었던 걸로 하겠네. 나쁜 약속은 지키지 않는 게 옳은일이 아닐까?"

고개를 돌려서 마을 대표들을 바라보았다.

"자, 이 곡식을 모두 여러분에게 돌려 드리겠소. 내가 빌린 것을 드리는 것이니까 나중에 저놈들이 여러분에게 시비를 걸지

는 못할 것이오. 마을마다 사람 수에 따라 나누어 가소. 이 봄을
잘 넘기고, 지금부터는 벌목장에 나오시지 말고 밭이나 바다로
나가서 열심히들 일하시오."

처음에는 어리둥절하여 서로 얼굴만 쳐다보다가 뒤늦게 말뜻
을 알아채고는 두 손을 쳐들며 소리를 질러 댔다. 덩실덩실 춤을
추기도 했다.

상삼은 홍 서방과 졸개들을 다시 창고로 끌고 가서 단단히 묶
어 두었다.

곡식을 옮겨 가는 일도 힘들었다. 대표들이 마을로 돌아가서
사람들을 불러 왔다. 마을마다 삼사 일씩 걸려서 곡식을 옮기고
또 나누었다. 그러나 힘들어하는 백성은 한 사람도 없었다.

일본인 철수

　상삼은 일본 배가 도방포에 닿기를 기다렸다. 과연 약속을 지킬 것인가, 아니면 선장이 다른 일을 꾸밀 것인가. 이런 걱정으로 마음은 불안하고 초조하였다. 일본 사람들을 모은다는 핑계로 일본 순사들이 섬에 올라올 수도 있겠다는 생각이 들었다.

　'무장한 그들이 계속 섬에 버틴다면…….'

　생각만 해도 끔찍한 일이었다.

　가만히 앉아서 그들을 기다리고만 있을 수는 없었다. 마을 대표들에게 부탁하여 섬 곳곳에서 막을 치고 있는 일본 사람들을 죄다 도방포로 모았다. 도벌하러 온 사람도 있었지만 고기잡이나 배를 만들기 위하여 온 사람들도 많았다. 그들을 찾는 일은 마치 숨바꼭질하는 것처럼 힘들었다.

약속된 한 달이 되어 갈 무렵, 멀리 독도 옆으로 일본 배가 나타났다. 두 척이었다.

상삼은 백성들 중에서 힘을 쓸 수 있는 장정들을 미리 도방포로 모이게 했다. 그들에게 도장의 창고에 있던 칼과 총을 나누어 주었다. 무기를 들었지만 한 번도 써 본 적이 없는 사람들이었다. 들고 있는 것조차 어색해했다. 모두들 안전한 바위나 나무 뒤에 숨을 자리를 정해 주었다.

"힘들겠지만 좀 도와주소."

상삼은 백성들의 손을 일일이 잡으며 부탁했다.

학이는 상삼의 곁을 떠나지 않았다. 학이 엄마도 말이 없어졌다. 모두들 긴장하고 있었다. 일본 배는 도방포로 선뜻 다가오지 않고 멀리 바다 가운데 정박한 채 섬의 움직임을 탐색하고 있었다.

해가 지고 어둠이 내렸다.

상삼은 칼을 등에다 단단히 메고는 도장이 머물던 그 방에 앉았다. 학이 엄마가 들어와서는 가만히 방을 살피고는 옆방으로 건너갔다. 상삼은 모른 척했지만 학이 엄마는 눈물을 그렁거리고 있었다.

"학아! 너도 건너가라."

"아니요, 나는 아버지를 지킬 거예요."

학이도 칼을 하나 들고 있었다. 고집을 꺾지 않을 것 같았다.

"엄마를 지켜야지."

학이는 잠깐 고민하더니 엄마가 있는 옆방으로 건너갔다. 그렇게 해 보았자 얇은 미닫이문 하나가 중간에 있을 뿐이었다.

먼 바다에 정박한 일본 배에서 불이 깜빡였다. 그 모습이 방에서도 똑똑히 보였다. 누구를 기다리는 모양이었다.

밤은 점점 깊어 갔다.

상삼은 꼼짝하지 않고 자리를 지켰다.

시간은 점점 흘러가고 있었다. 어느 순간, 상삼은 지그시 감고 있던 눈을 번쩍 떴다. 이상한 움직임이 귀에 잡혔다. 한 무리가 담을 넘고 있었다. 그들은 모두 칼을 차고 있었다. 은밀하게 마당을 가로지른 그들은 출입문 앞에서 몸을 한껏 낮추고는 잠깐 주변을 살폈다. 사람이 없는 것을 확인하고는 그중 하나가 문을 밀고 안으로 들어섰다.

"어서 오시오."

상삼은 어둠 속에서 그를 맞았다. 그가 상삼 앞에 앉으며 어설픈 조선말을 했다.

"홍 두령!"

상삼은 초롱에 불을 붙여서 그 사람 앞에 놓았다.

어둠이 걷히면서 앞에 앉은 사람이 홍 두령이 아니라는 것을 알아챈 그가 흠칫 놀라며 칼자루를 움켜쥐며 무릎을 세웠다. 상삼이 손을 들어 그를 진정시켰다.

그때 옆방에서 칼 빼는 소리가 들렸다. 그가 이내 몸을 움츠렸다. 위협을 느낀 모양이었다. 그는 옆방을 슬쩍 보고는 칼자루에서 손을 뗐다. 상삼을 공격하려던 생각을 거두고 다시 자리에 앉았다.

"배가 두 척이나 왔던데."

그는 상삼의 말에 대답하지 않고 다른 말을 꺼냈다.

"홍 두령은?"

"홍 두령은 그대들과 약속을 지킬 수 없게 되었소. 내가 놈을 졸개들과 함께 멀리 보냈소. 꼭 보고 싶다면 날이 밝은 뒤에 선창으로 나오라는 전갈을 하겠소. 그런데 그들도 이젠 당신들 손발이 될 수는 없을 거요."

상삼도 그들 간에 이루어진 약속을 짐작하고 있었다. 확실하지 않았기 때문에 그냥 넘겨짚어 본 거였다. 그런데 그는 고개를 푹 떨어뜨렸다. 자신들의 계획이 틀어졌다는 표정이었다.

"우리 사람들을 모으는 대로 데리고 나가겠소."

그는 길게 숨을 내쉬고는 마지못해 대답했다.

"약속을 지키겠다는 말로 듣겠소."

"내일 아침 우리 사람들을 모을 순사들을 상륙시키겠소."

상삼은 그 말에 빙그레 웃었다. 역시 짐작대로 그들은 음모를 꾸미고 있었다.

"시간 끌 필요가 없을 거요. 내가 당신네 사람들을 다 모아 두 었소. 그들도 내일 선창에서 만나게 해 주겠소. 날이 밝는 대로 태워서 떠나면 될 것이오."

"뭐라고요?"

"그대들의 수고를 덜어 주겠다 이 말이오."

"사람들을 다 모아 두었다는 말이오?"

"그렇소. 섬에서 소란 피우는 일이 없도록 하소."

상삼의 말이 끝나자 그는 벌떡 일어나서 밖으로 나갔다. 문 밖 에 몸을 낮추고 있던 사람들이 우르르 모여들었다.

"가이로! (돌아가자!)"

아주 짧고 날카로운 일본 말이었다. 바다 쪽으로 줄을 지어 가는 그들은 하나같이 검은 옷차림이었다. 몇몇은 총을 메고 있었다.

상삼은 이 층 창을 통해 쫓겨 가는 그들을 내려다보고 있었 다. 상삼 곁으로 학이가 건너왔다.

"저들은 누구예요?"

"왜놈 순사들이야."

"사람들을 데리러 오면서 순사는 왜 왔어요?"

학이 엄마도 건너왔다.

"나쁜 놈들! 그 사이에 또 우리를 치려고 홍 가 놈과 음모를 꾸민 것 같소."

"홍 서방이란 사람은 절대 믿으면 안 돼요."

학이 엄마가 치를 떨었다.

"옆방에서 당신과 학이가 인기척을 냈기 때문에 저놈들이 겁을 먹고 물러난 거요. 그렇지 않았으면 한바탕 싸움이 일어났을 거요."

상삼의 말에 학이가 싱글벙글했다. 그 모습을 보며 학이 엄마도 오랜만에 웃음을 보였다.

상삼은 바로 마을 대표들을 불렀다. 지체하지 말고 어둠을 이용하여 정해진 곳으로 나가서 몸을 숨기게 했다.

이튿날 날이 밝자 일본 배들이 선창으로 다가와서 닻을 내렸다.

상삼은 천천히 선창으로 내려갔다. 주변을 둘러보았다. 백성들이 지정된 위치에 자리하고 있었다. 언제라도 달려 나올 자세로 바위에, 나뭇등걸에 의지하고 있었다.

먼저 홍 두령과 졸개들을 긴 줄에 엮은 채 끌고 나왔다. 상삼은 그들을 일본 배에서 잘 보이는 곳에 나란히 세웠다. 뱃전에 나와 있던 천수환 선장이 짜증스럽게 소리를 질러 대더니 조타실 안으로 들어가 버렸다. 천수환을 따라 월후환도 닻을 내렸다.

상삼은 뒷짐을 진 채, 그들의 반응을 가만히 기다렸다. 서로 버티기라도 하는 듯 천수환에서도 아무런 반응이 없었다.

"아버지, 저들이 지난번처럼 또 총을 쏘면 어쩌지요? 몸을 숨겨요."

학이는 높다란 뱃전을 올려다보며 상삼의 팔을 지그시 잡아 끌었다.

"괜찮다. 저들은 지금 자기네 백성들이 내게 잡혀 있다는 걸 알고 있다. 그래서 총질을 함부로 못해."

학이는 고개를 끄덕이고는 그제야 상삼 옆에서 가슴을 쫙 폈다.

얼마나 기다렸을까. 순사들이 갑판에 나란히 줄을 맞추어 섰다. 그들의 머리 위쪽까지 해가 올라와 있었다. 천수환에서 사다리가 내려졌다. 그러고는 순사 하나가 내려오더니 상삼 앞으로 걸어왔다. 그는 긴 칼을 차고 있었다.

"우리 사람들을 내주시오."

상삼은 지난밤에 찾아왔던 사람이라는 것을 느낄 수 있었다.

"저기 총 든 순사들을 뒤로 물리시오."

순사가 뒤를 돌아보았다. 뱃전에는 총구가 나란히 이쪽을 겨누고 있었다.

"저 총은 내 지시 없이는 발사되지 않을 거요."

순사가 아주 당당하게 말했다.

상삼의 등 뒤에서 칼이 부르르 떨었다. 그 파장이 상삼의 온

몸을 가볍게 흔들었다. 마음이 든든했다. 온몸에 가득 힘이 실렸다. 겁을 먹은 학이가 파르르 떨고 있었다. 상삼은 학이의 어깨를 감싸며 등 뒤로 숨겼다.

"그 지시를 내가 믿을 수 없소. 당신네 백성들도 내 지시 없이는 한 사람도 배에 오르지 못할 거요."

상삼은 순사를 쏘아보았다. 두 사람의 눈빛이 서로 부딪치면서 불길이 튀었다.

"먼저 홍 두령과 이야기를 나눠도 되겠소?"

일본 순사는 한풀 꺾인 목소리로 말했다.

"그러시오."

상삼도 가만히 숨을 내쉬고는 다시 가슴 가득 숨을 들이마셨다.

순사는 홍 두령 앞으로 가서 이야기를 나누었다. 상삼이 알아들을 수 없는 일본 말을 주고받았다. 멀찍이 떨어져 있던 도방포 백성 하나가 재빨리 다가와서 상삼과 홍 두령 사이에 섰다. 도장의 창고에 갇혀 있던 사람이었다. 이쪽저쪽 눈치를 살피던 그는 상삼의 귀에 대고 그들이 나눈 이야기를 전해 주었다.

"이렇게 쉽게 잡히다니 배 도수와 짠 게 아니냐고 왜놈 순사가 아주 짜증을 내고 있어요."

상삼은 혼자 빙그레 웃었다.

"아버지, 저놈들이 또 일을 꾸미면 어쩌지요?"

학이가 등 뒤에서 속삭였다. 홍 두령과 졸개들을 두고 하는 말이었다.

"어떡하면 좋을지 여러 사람과 의논해 보자."

일본 순사가 버럭버럭 화를 내며 돌아와서는 배를 향해 손짓했다. 총을 내리라는 신호였다.

"우리 사람들을 불러 주시오."

"순사들을 갑판에서 완전히 물러서게 하시오."

순사들이 뱃전에서 멀어진 것을 확인한 상삼은 손을 들었다. 바위 뒤와 골짜기 나뭇등걸에 숨어 있던 백성들이 모습을 드러냈다. 모두 창과 칼, 총을 들고 있었다. 이를 본 일본 순사가 흠칫 놀랐다. 다시 상삼이 멀리를 향해 손짓을 했다. 골짜기 안쪽에 모아 두었던 일본 사람들을 데리고 나와서 선창에 세웠다.

"자, 확인해 보시오."

순사는 호주머니에서 이름이 적힌 종이를 꺼냈다. 두 배에 사람들을 나누어 태웠다. 순사들이 우르르 내려와서 사람들이 배에 오를 때마다 다시 이름과 얼굴을 확인하였다. 모두 248명이었다. 순사는 상삼을 힐끗 돌아보며 손을 약간 들었다 내렸다. 감사하다는 뜻인지 다음에 또 보자는 뜻인지 알 수는 없었다. 상삼도 그렇게 손짓을 해 주었다.

천수환과 월후환은 닻을 올리고 선창을 떠났다. 섬에 머물던 일본 사람들을 모두 실어 보냈다.

배가 독도를 지나 수평선 너머로 사라졌을 때 백성들은 상삼 주위로 몰려왔다. 비로소 안심이 되는 모양이었다.

"자, 이렇게 모였으니 한 가지 의논합시다. 저놈들을 어떻게 했으면 좋겠소?"

상삼은 모인 사람들 얼굴을 둘러보았다. 모두들 서로 미루며 눈치를 살폈다. 그동안 너무나 많이 당해 온 터라 아직도 홍 두령과 졸개들을 두려워하고 있었다.

"겁먹지 마소. 이제 섬에는 우리들만 있소. 우리들 세상이라는 말이오."

상삼은 사람들의 마음을 다독였다. 그러자 한 사람이 일어났다. 창고에 갇혀 있던 사람이었다.

"저놈들을 이 섬에서 내보내야 합니다. 지난번처럼 그냥 풀어 줬다가는 또 무슨 일을 꾸민다고요."

"맞아요. 틀림없어요. 저들과 그 가족들을 배에 태워 뭍으로 보내자고요."

"아니, 아예 왜놈 나라로 보내요."

여러 사람이 하는 말을 묵묵히 듣고 있던 한 노인이 손을 들었다. 도방포에 20년 넘게 살고 있다고 했다.

"힘없는 노인이지만 한마디 하겠소. 저놈들이 저지른 일을 생각하면 모두 바다에 처넣어야겠지만 어디 그럴 수야 있겠소. 내 생각에는 저놈들을 흩어 놓으면 좋겠소. 모아 두면 또 일을 벌일 게요. 흩어 놓으면 다른 생각을 하지 못할 게요. 도수께서 그렇게 처리하시는 게 좋겠다는 생각이오.”

상삼도 같은 생각이었다. 배에다 태워 기댈 곳도 없는 뭍으로 보내는 일은 너무나 가혹한 벌이었다. 그렇다고 창고에 가두어 둘 수도 없었다. 노인의 말을 들은 사람들은 다른 의견을 내지 않았다. 모두들 딱한 형편을 알기 때문이었다.

상삼은 홍 두령에게 백성들과 어울리며 조용히 살겠다는 약속을 단단히 받아 냈다. 그런 뒤에 졸개들을 여러 마을로 흩어져 살게 했다. 농사를 짓겠다면 땅을 나누어 주고 고기잡이를 하겠다면 배를 지을 수 있도록 했다.

백성들은 가벼운 마음으로 마을로 돌아갔다. 곳간에는 곡식들이 있었으며, 산밭과 바다는 그들에게 철철이 먹을 것을 준비해 주리라고 믿었다.

음모

　상삼은 홍 두령을 저동으로 데리고 가서 이웃에 살도록 하였
다. 더 이상 다른 마음을 품지 못하게 하고 싶었다. 농사지을 땅
도 나누어 주었다. 친하게 지내며 형제처럼 서로 의지하며 살고
싶었다.

　일을 하지 않아도 떵떵거리며 살았던 홍 두령은 밭일을 너무
나 싫어했다. 게으른 사람이 짓는 밭에서 결실이 나올 리가 없었
다. 아무것도 거두어들이지 못한 홍 두령은 투덜대는 게 일이었
다. 그는 일본 사람들 밑에서 지냈던 시절을 그리워하고 있었다.

　"배를 짓게 해 주소."

　쇠를 치던 상삼이 쇠메를 내려놓으며 홍 두령을 맞았다.

　"왜 또 그러슈?"

"농사는 힘들어서 못 짓겠소. 배나 지어서 고기잡이를 해야겠소."

상삼은 땀을 훔치며 홍 두령의 얼굴을 바라보았다. 얼굴 가득히 불만이 툭툭 불거져 있었다. 나무라고 싶었으나 상삼은 한 번더 기회를 주고 싶었다. 학이 말처럼 복수하고 싶은 생각이 하루에도 여러 번 일어났지만 잘못했다고 다 벌을 주다 보면 섬에서 함께 살 사람이 몇 되지 않을 것만 같았다. 다독거리고 용서하고, 서로 도우며 살고 싶었다. 그게 상삼의 꿈이었다. 잠깐 뜸을 들이던 상삼이 홍 두령을 가까이 불러서 연장을 내주었다.

"배를 지으려면 연장이 필요할 거요. 이거 가져다 쓰소."

홍 두령은 의외라는 얼굴로 상삼을 힐끗 쳐다보고는 연장들을 받아 들고 대장간을 나갔다. 고맙다는 말도 없었다.

"홍 두령! 학이 엄마를 내가 훔쳐서 강제로 산다는 소문이 파다하던데……."

문을 나가려던 홍 두령이 우뚝 걸음을 멈추었다.

"나는 그런 소문을 듣지 못했소."

"퍼뜨린 사람이 바로 홍 두령이라는 소문도 있던데?"

학이 엄마와 학이가 안에서 나왔다.

"대답해 보세요."

학이 엄마가 소리를 높였다.

"우리 아버지는 당신처럼 나쁜 사람이 아니오."

학이도 분에 찬 소리로 따졌다.

홍 두령은 돌아보지도 않고 나가 버렸다.

"왜 그냥 보냈소? 혼쭐을 내 줘도 시원치 않은데."

"일일이 혼을 낼 수는 없잖아. 저놈의 말을 믿을 사람이 이 섬에는 없을 거요."

"세 치 혀가 사람 잡는다잖아요. 사람들은 곧잘 헛된 소문에 휩쓸리기도 하는데……."

학이 엄마는 홍 두령이 퍼뜨리는 소문이 걱정스러웠다.

가을이 가고, 눈이 쌓이고 또 쌓이는 겨울이 왔다. 섬은 온통 눈 세상이 되었다. 모든 마을이 눈에 갇혀서 서로 오고 가지 않을 때였다. 그런데 그 겨울, 사람 키를 넘는 눈 속을 오가는 사람들이 있었다. 홍 두령과 졸개들은 그 기회를 놓치지 않았다. 거짓을 눈처럼 굴리고 또 굴렸다.

"배 도수가 학이 엄마를 보쌈 했듯이 다른 집 여자들을 몰래 몰래 훔쳐가서 왜놈들에게 팔아넘긴단다."

소문은 은밀하게 번져 나갔다. 눈이 덮이고 발길이 끊기는 바람에 확인할 수 없는 사이에 소문만 무성해지고 있었다.

"벌써 이웃 마을 여자들은 많이 잡혀갔다고 하더라."

"그다음은 우리 마을이래요."

처음에는 소문을 믿지 않았지만 한 번, 두 번 반복하여 들으면서 사람들은 조금씩 그 소문 속으로 빨려 들어가기 시작했다. 백성들은 또 다른 불안에 휩싸였다. 눈이 녹고 나면 배 도수가 지난번 도장처럼 괴물로 변해 있을 것만 같았다.

"사람 마음이란 참 알 수 없는 거야."

"권력을 쥔 놈이 언제 우리 편인 적이 있었냐?"

백성들이 이런 말을 나눌 때쯤 눈이 녹기 시작하더니 봄이 성큼 섬에 내렸다.

홍 두령은 숨겨 두었던 배에 졸개 몇을 태우고 바다로 나갔다. 동쪽으로, 동쪽으로 항해를 하였다. 그들은 창고에 곡식을 쌓아 두고 지냈던 그때로 돌아가고 싶었다.

칼 울음

"칼을 갖고 가세요."

학이 엄마가 칼을 들고 따라 나왔다.

"제를 올리러 가면서 생명을 해친 칼을 가져갈 수는 없소."

학이 엄마가 상삼의 옷자락을 붙잡았다.

"칼이 밤새 울었다고요. 못 들었어요?"

"들었지. 봄이 왔다고 몸이 풀린 거겠지. 지금은 왜놈들도 보이지 않잖아요. 걱정 마소."

"칼이 운다는 게 아무렇지도 않은 일이에요? 갖고 가세요."

"그래도 제를 올릴 때는 생명을 해친 무기는 들이지 않는 거 알잖소."

칼이 벽에 걸린 채 밤새 울었다. 마치 화살이 바람을 차고 날아가는 소리 같았다. 이따금 꿈틀꿈틀 몸을 비틀기도 했다. 지금까지 그런 적은 없었다. 학이 엄마는 그게 마음에 걸렸다.

"학이 아버지! 메고 가서 신당 할매께 맡기세요."

학이 엄마는 다시 한 번 칼을 내밀었다.

"걱정 마소. 이제 섬은 평화로워요. 누가 누구를 해친다고 그래요."

학이 엄마는 속이 상한 나머지 그만 목소리를 높였다.

"어떻게 그 사람들을 믿어요. 평화롭다면 그렇게 흉흉한 소문이 떠돌아다닐까요? 우리를 보는 사람들 눈빛이 달라진 걸 정말 몰라요?"

상삼은 그 말을 듣는 순간 뜨끔했다. 마지못해 칼을 건네받아서 등에다 멨다. 그런데 한참 걸어가던 상삼이 돌아섰다. 아무리 생각해도 칼을 두고 가는 게 맞는 일이었다. 섬 백성들이 예부터 지켜 오고 있는 풍습을 도수가 먼저 깨뜨릴 수는 없었다. 더구나 백성들이 괴소문에 흔들리고 있는데 제를 올리는 신당에 칼까지 메고 가면 그들 마음이 더 돌아설 것 같았다. 다시 살짝 돌아와서 칼을 벽에 걸어 두고는 몰래 집을 빠져나왔다.

사동을 거쳐 통구미를 지나면서 사람들이 점점 불어나기 시작했다. 나발등에 이르자 사람들이 몇 무더기를 이루었다. 골짜기를 지날 때마다 사람들이 제에 참석하려고 나왔다. 태하 해안이 저만큼 보였다.

"아이쿠, 배 도수! 잘 지냈소?"

"그럼요. 그쪽은 어떻소?"

"우리야 배 도수 덕분에 편안하답니다."

서로 안부를 물으며 고갯길을 내려갔다. 그런데 무더기를 이룬 사람들은 그들끼리 이야기를 나누며 힐끗힐끗 상삼의 눈치를 살폈다.

"내 얼굴에 뭐가 묻었소?"

"아니, 이상한 소문이 긴가민가해서요."

상삼은 울지도 웃지도 못하고 '끙' 소리를 내고 말았다.

"간밤에 나발등이 우는 소릴 들었소?"

앞선 사람들이 자기네들끼리 이야기를 나누었다. 상삼은 애쓰지 않아도 그들 이야기가 고스란히 들려왔다.

"아니, 거기까지 들렸소?"

사동 마을에서 온 사람이 말을 받았다.

"그러게, 이상한 일이지. 그렇게 슬피 우는 건 처음이었소."

"나도 들었는데 집에서 쉬려다가 무슨 일이 일어날 것 같아서 제를 올리러 나섰다오."

"그 소문 탓에 섬이 온통 벌집 쑤셔 놓은 것 같아요."

"세상 천지에 그런 짓을 하고도 밝은 해를 쳐다볼 수 있을까?"

사람들은 서로 걱정 반 빈정거림 반으로 나발등의 이상한 울음에 대하여 이야기를 나누었다. 상삼을 두고 하는 말이었다. 나서서 아니라고 설명을 하여도 믿어 줄 것 같지 않았다. 묵묵히 앞만 보고 걸었다. 밝은 햇살처럼 누명이 벗어지기를 기다릴 수밖에 없었다.

'하늘이 아시는데 별일이야 있겠어, 곧 근거 없는 소문이라는 게 밝혀지겠지.'

마음 한편에서는 칼을 두고 온 게 후회되었다. 제를 위해 모인 백성들이 소문에 사로잡혀서 어떤 일을 꾸밀 것만 같았다.

'칼을 갖고 올걸.'

뒤늦게 후회가 되었지만 다시 돌아가기에는 너무 멀리 와 있었다. 상삼은 마음을 단단히 다져 먹었다. 백성들이 차라리 소문을 따지며 물어봐 주었으면 좋겠다는 생각까지 들었다.

오후 늦게야 신당에 닿았다. 태하 마을 사람들이 중심이 되어 제 올릴 준비가 한창이었다. 신당 할매에게 인사를 드리고 나왔지만 제 올릴 자정까지는 시간이 많이 남아 있었다.

상삼은 신당을 한 번 돌아본 뒤에 맨 위쪽 방에 들어가서 앉았다. 홍 두령과 졸개들이 머리를 맞대고 있다가 상삼이 들어가자 화들짝 놀라며 벽으로 물러나 앉았다.

"배 도수! 잘 지냈소?"

홍 두령이 멋쩍게 웃으며 윗목을 상삼에게 내주었다. 그들과는 지난여름에 뿔뿔이 흩어져 살게 한 뒤에 처음 만나는 셈이었다.

"그래 잘들 지냈는가?"

"우리도 멀리 떨어져 있다가 오랜만에 만났더니 반가워서 이렇게 모여 있구먼."

홍 두령이 슬쩍 변명을 늘어놓았다.

상삼이 자리에 앉으며 그들 얼굴을 한 차례 훑어보았다. 어색한 분위기가 느껴졌다. 상삼은 애써 태연한 얼굴을 하고는 그들과 이야기를 나누었다.

자정이 되자 사람들은 신당으로 올라갔다. 상삼은 맨 앞에 섰다. 신당 안에 들어가지 못하는 사람들은 마당에 늘어섰다.

제를 마친 뒤에 이 마을 저 마을 사람들이 서로 어울리며 농사와 고기잡이 등 이런저런 살아가는 이야기를 나누었다. 그러나 상삼을 불러 주는 사람은 없었다.

상삼은 칼과 나발등이 울었다는 말이 자꾸만 마음에 걸려서 신당과 태하 마을을 한 바퀴 돌아보고는 윗방에 가서 누웠다. 사람들 사이에 끼어들어 어울릴 기분이 아니었다. 살포시 잠이 들었을까. 밖에서 상삼을 깨우는 소리가 들렸다.

"배 도수! 주무시오?"

긴장한 탓에 그 소리가 선명하게 들렸다. 엉겁결에 벌떡 일어나 앉았다.

"아니, 아니. 누구요?"

"밖에 나와서 함께 어울리시지요?"

"알았소. 바로 나가리다."

상삼은 잠결에 비틀거리며 낮은 문을 밀치고는 머리부터 먼저 내밀었다. 그 순간 뭔가가 상삼의 머리를 내리치고 입, 코, 눈으로 뜨거운 재 가루가 날아들었다. 아무것도 생각나지 않았다. 숨이 콱 막히는 바람에 비명도 못 지르고 나뒹굴었다. 틈을 주지 않고 몽둥이가 날아들었다. 그만 까무룩 정신을 잃고 말았다. 정신을 잃은 뒤에도 목침찜과 몽둥이질은 계속 되었다.

"꽁꽁 묶어서 선창으로 끌고 가."

홍 두령과 졸개들이었다.

사람들이 마당에 가득 있었지만 그들은 떠들고 노느라 상삼에게 벌어지는 일을 눈치채지 못하였다.

졸개들은 상삼을 들추어 메고는 백성들 눈을 피하여 신당 뒤를 돌아서 선창으로 옮겼다. 정신을 잃은 상삼에게 바닷물이 덮쳤다. 차가운 바닷물이 상삼을 흔들었다. 정신을 차리려고 애를 썼다. 상삼은 '푸우우!' 하며 길게 숨을 내뱉으며 벌떡 일어났다.

졸개들이 주변을 둘러쌌다. 그러나 상삼은 졸개들을 볼 수가 없었다. 재 가루로 엉켜진 눈을 뜰 수가 없었다. 그렇다고 그냥 당하고만 있을 수는 없었다. 두 팔이 뒤로 돌려 묶여 있었지만 이리 뛰고 저리 뛰며 다리를 휘둘렀다. 나무를 차면 나무가 부러지고 돌을 차면 돌이 하늘을 날았다. 엄청난 힘에 졸개들이 멀찍이 물러났다.

홍 두령은 물러선 채 이 광경을 노려보고 있었다. 아직 눈을 뜨지 못하는 것을 확인한 홍 두령은 졸개들에게 신호를 보냈다. 소리 없이 다가가서 공격하라고 일렀다. 재 가루 범벅이 되어 눈을 뜰 수 없었던 상삼은 가만히 다가오는 졸개들을 알아챌 수 없었다. 결국 머리가 깨어지고 어깨가 부러져서 피투성이가 된 채 쓰러졌다.

"어떻게 되었느냐?"

"죽었소."

"단단히 묶어서 먼 바다로 보내 버려."

다시 깨어나는 것이 두려웠던 홍 두령은 졸개들에게 단단히 일렀다. 졸개들은 긴 나뭇등걸에다 상삼을 허수아비처럼 꽁꽁 묶었다. 그러고는 바다로 밀어 넣었다

홍 두령은 솔가지에 불을 붙이더니 높이 쳐들고 휘익휘익 돌렸다. 그 신호에 따라 해무 속에서 일본 배 두 척이 모습을 드러

냈다. 대풍감 뒤에 숨어서 신호를 기다렸던 모양이었다.

희붐하게 날이 밝아 왔다.

일본 배를 먼저 발견한 사람은 태하 어부였다. 일찍 고기잡이를 나가려다가 선창에 낯선 배를 보고는 풀썩 엉덩방아를 찧고 말았다. 도장에게 종처럼 끌려 다니던 그때가 떠올랐다. 앞이 캄캄했다. 고기잡이를 팽개치고 마을로 내달렸다. 소식을 들은 마을 사람들이 몰려나와서 일본 배를 확인하였다.

"섬 백성들은 들으시오. 우리를 굶주림에서 구해 주었던 일본 배가 다시 돌아왔소. 남의 여자를 빼앗고 아이들을 납치하여 팔아넘긴 배 도수를 우리 홍 두령께서 처단하셨소. 여러분의 아내와 아이들은 이제 무사할 것이오."

졸개 하나가 신당 곳곳에서 깊은 잠에 빠져 있는 섬 백성들을 깨우며 고래고래 고함을 질렀다.

"처단하다니, 배 도수가 죽었단 말이오?"

"그래서 저 왜놈의 배가 돌아왔단 말인가?"

"어째 좀 이상해. 왜놈과 짜고 여자를 팔아넘긴 배 도수가 죽었는데 어떻게 왜놈의 배가 돌아오지? 좀 이상하잖아. 앞뒤가 맞지 않은데?"

이것저것을 따져 보던 백성들은 술렁이기 시작했다.

"그 소문, 여자와 아이들을 배 도수가 빼앗아 갔다던데 그쪽 마을에서 그런 일이 있었소?"

사동 사람이 나리에서 온 사람에게 물었다.

"아니요. 우리 마을에는 그런 일이 없었소, 사동에서 그런 일이 있었다고 들었소만."

"우리 마을에는 그런 일이 없었소. 그렇다면 천부 마을에 그런 일이?"

"아니요. 우리도 그런 일은 없었소."

모인 사람들은 서로 얼굴을 바라보며 그 소문을 확인하였다. 어느 마을에서도 그런 일이 일어나지 않았다.

"자, 여러분! 죄인 배 도수를 처단한 우리 홍 두령이 이 섬의 새로운 도수가 될 것이오. 일본과 잘 협조, 협력하여 섬을 평화롭게 여러분을 배부르게 할 것이오. 그리 아시오."

"홍 두령이 도수가 된다고? 누구 마음대로."

그제야 백성들은 모든 음모를 깨닫고 상삼을 찾았다. 상삼은 이미 시신이 되어 선창 끝 바다에 버려져 있었다.

사람들은 급한 나머지 상삼이 죽은 소식을 신당 할매에게 알렸다.

"이를 어쩌노?"

할머니가 가슴을 쳤다.

"빨리 가족들에게 알려야지. 아니야, 아니야. 시신부터 지켜야 한다. 그놈들이 없애기 전에"

신당 할매는 걸음이 빠른 사람을 저동으로 보낸 뒤에 마을 사람들을 모아서 상삼의 시체를 선창으로 끌어올렸다. 이를 본 홍두령이 일본 배에서 내려왔다. 졸개들이 칼을 움켜쥔 채 그 뒤를 따랐다. 일본 순사들이 갑판에 한 줄로 늘어서서 백성들을 향해 총구를 겨누었다. 겁을 먹은 사람들이 상삼의 시신을 버려 두고 도망쳤다.

"학아! 아무래도 무슨 일이 일어난 것 같아."

학이 엄마는 칼이 울부짖는 소리에 방으로 들어와 보았다. 메고 나갔던 칼이 벽에 걸려 있었다. 그런데 칼이 부르르 떨고 있었다. 그 흔들림이 점점 거세지더니 끈이 벗겨지면서 바닥에 떨어졌다. 칼은 바닥에서 마치 살아 있는 생선처럼 펄떡거렸다. 무섭고 놀라운 광경이었다.

학이가 그 칼을 잡았다. 요동치던 칼이 부르르 떨면서 학이에게 안겨 왔다. 이를 본 엄마가 학이의 등에다 칼을 둘러메 주었다.

"학아! 태하로 가라. 아버지에게 무슨 일이 일어난 게 틀림없다."

엄마가 허둥대며 학이 등을 밀었다.

그때 대장간으로 한 사람이 뛰어들었다.

"크, 큰일 났어요. 배 도수가, 배 도수가."

학이 엄마는 그만 바닥에 펄썩 주저앉아 버렸다.

"아버지가 왜요?"

학이가 그 사람 앞을 가로막았다.

"배 도수가 죽었어. 홍 두령 패거리한테 당했어."

학이는 아무 생각도 나지 않았다. 용수철처럼 튀어 나갔다.

산길을 정신없이 내달렸다. 칼이 바람을 일으키며 학이를 이끌었다.

홍 두령과 그 패거리가 배 도수를 죽였다는 소문은 삽시간에 섬을 돌았다. 마을에 남아 있던 백성들도 그동안 떠돌던 괴소문을 따져 보기 시작했다. 뒤늦게 홍 두령이 꾸민 계략에 따라 배 도수가 죽게 되었다는 것을 깨달았다. 상삼을 믿어 주지 않았던 게 후회되었다. 백성들은 시신만큼은 졸개들 손에 넘겨서는 안 된다는 생각을 하게 되었다.

"태하 선창으로 가자. 장사라도 우리가 지내 주어야지."

누군가가 외쳤다. 마을마다 백성들은 상삼이 만들어 준 괭이와 낫, 도끼를 움켜쥐고는 달려 나왔다. 백성들은 고개를 넘어 태하 선창을 향해 뛰기 시작했다.

태하 선창에는 상삼의 시신이 누워 있었다.

학이가 아버지 시신 앞에 엎어지며 울부짖었다.

그때 백성들이 내지르는 함성 소리가 태하령을 넘어왔다. 고갯길이 사람들로 하얗게 뒤덮였다. 그 함성 소리가 파도처럼 밀려와서는 상삼을 흔들었다. 상삼은 긴 잠에서 깨어나듯 쿨럭쿨럭 거리다가 길게 숨을 토했다.

"아버지! 힘을 내요 힘. 우린 어쩌라고……."

학이가 상삼의 머리를 감싸 안았다.

"학아, 걱정 마라. 저 백성들이 깨어나고 있잖아. 칼을 내 가슴에 엎어라. 그리고 저 왜놈의 배 닻줄을 내 팔뚝에 단단히 걸어라."

그러고는 다시 숨이 뚝 끊어졌다.

"배 도수! 우리가 왔소."

"배 도수! 우리가 잘못했소."

백성들은 그동안 상삼에게 힘을 보태 주지 못했던 게 미안했다. 뒤늦은 후회로 백성들은 울먹이고 있었다.

학이는 칼을 상삼의 가슴에다 엎었다. 그 위로 섬 백성들의 후회와 분노가 하얗게 내려 쌓였다. 칼은 다시 시퍼런 빛을 뿜으며 상삼의 가슴으로 파고들었다. 학이는 일본 배의 닻줄을 끌고 와서 상삼의 양팔에 칭칭 감았다.

성난 백성들의 수는 점점 불어나 선창을 꽉 채웠다.

백성들을 위협하여 흩어 버리려던 홍 두령과 졸개들은 재빨리 일본 배로 몸을 피했다.

"배 도수, 미안하오. 우리가 홍 두령과 왜놈이 만든 나쁜 소문에 흔들렸소. 그게 함정이란 걸 몰랐소."

백성들의 울부짖음이 바다를 흔들었다.

거센 물결을 타고 상삼의 시신은 바다로 미끄러져 들어갔다. 칼이 시퍼런 빛을 뿜으며 울었다. 그 울림이 바다를 뒤집기 시작했다. 상삼의 시신은 일본 배를 끌고서 점점 멀어져 갔다. 선장과 선원들이 이를 제어하려고 날뛰었지만 소용이 없었다. 어느 지점에 이르자 깊은 바다는 커다랗게 입을 벌려서 배를 집어삼키기 시작했다. 뒤늦게 배가 바다로 곤두박질치는 것을 알아챈 홍 두령, 졸개들이 바다로 뛰어내렸다.

죽은 상삼은 산더미 같은 일본 배 두 척을 끌고 바다 밑으로 사라져 버렸다. 그리고는 아무 일도 없었다는 듯 바다는 조용해졌다.

열흘이 지난 뒤, 상삼을 잃고 두려움에 떨고 있던 학이와 엄마는 이상한 빛이 흔들리는 것을 보았다. 빛은 두 사람을 대장간 동굴 창고 아래로 인도하였다. 동굴 아래로 들어온 물결을 따라 상삼의 시신이 칼을 품고 들어와 있었다.

"학이 아버지!"

"아버지!"

두 사람은 달려 들어가 시신을 부둥켜안았다. 그 순간, 시신은 흩어지고 뼈들만이 서로 엮이어 커다란 원통 모양의 고리를 만들었다. 고리는 동남제도 수호검을 품고 있었다. 두 사람은 멍하니 그 놀랍고 신비한 광경을 바라보았다.

상삼이 죽고 세상이 뒤집어지기 시작했다. 일본 사람들을 싣고 갔던 월후환이 다시 드나들면서 섬은 온통 일본 사람들의 세상으로 바뀌어 갔다.

섬에 일본 주재소가 설치된 날이었다.

홍 두령과 일본에서 온 가타오카 요시베가 높다란 단상에서 손을 맞잡았다. 가타오카 요시베는 홍 두령에게 칼을 선물하였다.

"이 칼에 나와 홍재현, 우리 두 사람의 이름을 새겼소. 우리의 협력이 오늘의 승리를 만들었소. 이를 기념하기 위한 것이오. 이 섬의 영원한 통치와 발전을 이 칼을 두고 맹세합시다."

홍 두령은 받아 든 칼을 번쩍 치켜들며 외쳤다.

"협력. 협력! 우리 섬 모든 백성들은 통치에 절대 협력할 것이오."

그러고는 백성들을 향해 칼을 휘둘렀다. 겁을 먹은 백성들이

'우우' 비명을 지르며 칼을 피해 흩어졌다.

상삼의 어깨에서 떨어져 나와서 백성들 사이를 떠돌고 있던
나는 미처 몸을 피하지 못한 채 바닥에 나뒹굴어지고 말았다. 홍
두령의 칼날이 내 목을 향해 정면으로 날아들었다. 나는 두려움
에 눈을 질끈 감고 말았다.

그때였다. 내 뒷덜미를 잡아채 가는 손길을 느꼈다. 신당 할매
였다. 할매는 소매 속에다 나를 구겨 넣고는 재환을 잡아끌었다.

"여기서 머뭇거릴 시간이 없네."

등 뒤로 홍 두령의 고함 소리가 따라왔다.

"대장간으로 가거라. 그 돼지 같은 놈의 흔적을 모조리 없애
라. 협력하지 않으면 어떻게 된다는 것을 보여 주어라."

졸개들이 함성으로 대답하며 내달렸다.

"그자가 갖고 있던 칼을 꼭 찾아라."

가타오카 요시베가 소리쳤다.

신당 할매가 대장간 문을 흔들었다.

"학아, 학아!"

학이가 문을 열었다.

"아니, 할매! 뭔 일이세요? 아니, 아제도!"

"내 미리 너희를 숨겨야 하는데."

신당 할매가 혀를 끌끌 차면서 학이 손을 잡았다. 엄마가 놀란 얼굴로 나왔다.

"세상이 이상해졌네. 빨리 몸을 피하자."

학이와 엄마는 신당 할매를 따라 재를 넘어 신당으로 도망쳤다.

밤이 이슥해졌다.

어둠을 틈타 학이와 엄마는 재환이 구해 온 배에 올랐다.

"꼭 다시 들어와서 네 애비의 그 칼만은 찾아야 한다. 백성의 마음을 얻은 그 칼 말이다. 그래야 동남제도, 세 섬을 지킬 수 있는 게야. 놈들 모르게 도둑처럼 숨어 들어와야 하느니. 알았지?"

신당 할매가 학이의 등을 쓸며 한숨을 내쉬었다.

"예, 할매! 꼭 다시 돌아올게요."

개척사를 만나러 갔던 그 뱃길이었다.

막막한 밤바다, 모든 게 캄캄했다.

칼의 주인

신당 할매는 소매에서 나를 꺼내어 허공에다 내놓았다.

"이제는 너도 떠나야지."

주변을 둘러보았다. 모든 게 캄캄했다.

"재훈아! 이것 봐, 이 칼을 보라고! 근데 얘는 어디로 사라진 게야."

아버지가 다급하게 나를 부르고 있었다. 캄캄한 어둠 그 너머에서 소리가 들렸다.

"칼!"

마음이 급해져서 두리번거리는데 언뜻 레벨미터 불빛이 빨갛게 떠오르고 있었다. 재빨리 그쪽으로 날아갔다. 나를 분리시켰던 원통형 고리가 이제는 오른쪽으로 회전을 시작하고 있었다. 주춤거릴 틈이 없었다. 고리 난간을 잡고는 힘껏 몸을 날렸다. 순식간에 내 몸이 고리 안으로 빨려 들어갔다. 회전 속도가 점점 높아졌다. 자칫 정신을 놓칠 것만 같았다. 내 몸이 풍선처럼 부풀어 오르면서 점점 무거워지고 있었다. 터져 버릴 것 같았다.

"아, 아."

나는 끝까지 이를 악물고 버티었다. '2000'이라는 숫자가 계기판을 스치더니 고리는 천천히 속도를 낮추어 갔다. 언뜻 사람들이 몰려들면서 내지르는 함성이 들렸다. 그 사이를 뚫고 아버지 말소리가 들렸다.

"재훈아!"

그 순간 회전체가 울컥 나를 밖으로 뱉어 냈다. 나는 차가운 물속에 내팽개쳐졌다. 머리를 물 밖으로 내밀며 정신을 가다듬었다. 긴 꿈에서 깨어난 사람처럼 길게 숨을 토해 냈다.

"뭐 하고 있냐? 저 칼을 보라니까."

아버지가 버럭 소리를 질렀다.

"아, 예에, 예."

방금 내가 빠져나온 고리 가운데 '동남제도 수호검', 바로 그 칼이 꽂혀 있었다. 나는 멍하니 그 칼을 바라보았다. 새파란 빛을 내뿜고 있었다. 상삼의 가슴으로 파고들던 그 칼의 빛이었다.

파란 빛이 서서히 잦아들자 그 불빛과 함께 함성도 천천히 가라앉았다.

"창고 문은 꼭 여몄지?"

아버지가 내게 문단속을 확인했다.

"그, 그럼요."

"다시는 사라지지 못하게 금고로 옮겨야겠어."

아버지는 조심스럽게 칼자루를 쥐고는 힘껏 끌어당겼다. 칼은 꼼짝하지 않았다. 다시 두 손으로 움켜잡고 용을 썼다. 어림없었다.

"당신이 가져야 할 칼이 아니기 때문이오."

깜짝 놀랐다. 그 도둑이 드디어 모습을 드러냈다. 그런데 낯선 얼굴이 아니었다.

'어디서 보았을까?'

아슴아슴한 기억을 더듬고 있을 때 아버지가 허리춤에서 칼을 빼 들었다. 도둑과 아버지는 서로 칼을 차지하려는 듯 고리를 사이에 두고 빙빙 돌았다. 둘 다 옷이 흠뻑 젖어 갔다.

"어림없는 소리! 칼은 우리 것이야. 분명 내 집에서 전해 오는 우리 칼이야."

아버지가 당황하여 외쳤다. 말소리도 허둥거렸다.

도둑이 오히려 여유를 찾은 듯했다.

"이 집이 진정 당신 집이라고 말할 수 있소? 이 집은 네놈들이 강제로 빼앗은 것이오. 그 일이 언제까지 감추어질 것 같소."

"무슨 소리야. 우리 증조부가 살던 집이야."

"증조부가 가로챘잖소. '미안하다, 잘못했다.' 그 한마디가 그렇게 힘든 것이오?"

그 말이 끝나기도 전에 아버지가 도둑을 향해 칼을 내리쳤다. 도둑은 칼을 피한 뒤, 아버지를 밀쳐 버렸다. 아버지가 물에 넘어지면서 허우적댔다. 도둑은 그 사이에 동남제도 수호검을 움켜잡더니 단숨에 뽑아 들었다.

"그 칼을 내려놔."

아버지가 칼을 들어 도둑을 향해 휘둘렀다. 도둑은 고리에서 뽑아낸 칼로 아버지 칼을 비켜 막았다. 두 칼이 서로 부딪치며 불꽃이 튀었다. 여러 차례 서로 찌르고, 막고를 거듭하는데 도둑이 고리에서 뛰어내리며 아버지 칼을 내려쳤다. 시퍼런 불빛이 아버지 팔뚝을 휘감았다. 아버지는 칼을 떨어뜨리고 말았다. 도둑은 사람을 해칠 마음이 없어 보였다. 이내 칼을 거두어들였다.

"아직도 모르느냐? 왜 칼이 사라졌다가 돌아오는지를."

도둑은 칼을 들고 재빨리 굴을 빠져나갔다.

"빨리 경찰을 불러. 빨리, 빨리."

아버지가 도둑을 쫓으며 소리쳤다.

간신히 정신을 추스른 내 발에 뭔가 걸렸다. 들어 보니 아버지가 휘두르다 떨어뜨린 칼이었다. 시간 있을 때마다 수건으로 닦고 만지던 우리 집 가보 가운데 하나였다. 칼을 건져 들고 밖으로 나왔다. 도둑도, 아버지도 보이지 않았다. 전시장에도, 마당에도 없었다. 아버지는 도둑을 쫓아간 것 같았다.

나는 전시장 앞에서 휴대전화로 경찰서에 도난 신고를 하였다.

전화를 끊고 고개를 드는데 붓으로 길게 내리쓴 '동남제도역사문화연구소' 간판이 내 앞을 막았다.

'동남제도······?'

머릿속이 혼란스러웠다. 무엇인지는 모르겠지만 갑자기 도둑처럼 쫓기는 느낌이 들었다. 칼을 든 채 방으로 피했다.

아버지의 보물, 칼들이 텔레비전 옆에 가지런히 진열되어 있었다. 아버지는 늘 조상 대대로 내려오는 자랑스러운 가보라고 말했다. 칼을 제자리에 올려두는데 물방울이 얹힌 칼등에 작은 글자가 햇빛을 받아 반짝였다. 그곳에는 '洪 - 片岡'이라는 글자가 새겨져 있었다.

"가타오카 요시베!"

가물가물하던 기억이 생생하게 정리되었다. '홍 - 가타오카' 섬에 일본 주재소가 설치되던 날, 일본 오끼섬에서 건너온 가타오카 요시베가 홍재현에게 준 바로 그 칼이었다. 나는 불에 덴

듯이 칼을 떨어뜨리고 말았다. 한동안 멍하니 칼을 바라보았다.

간신히 정신을 차리고 아버지가 한 번씩 펼치던 인명사전을 펼쳤다.

'가타오카 요시베, 일본의 울릉도와 부속 섬 통치를 위하여 일본인과 조선인의 융화를 도모하는 활동을 전개하였으며, 조선인들을 포섭하여 친일 행각을 벌이도록 조종하였다.'

더 이상 들여다볼 수가 없었다.

캄캄하던 건너편 기억이 환하게 밝아지고 있었다.

"그럼, 홍재현은 누구며, 나는 누구란 말인가?"

그때 초인종 소리가 났다. 경찰이었다.

"연구소에서 도난 신고가 들어왔는데 어른은 안 계시냐?"

"도난 신고요? 제가 잘못한 거예요. 도둑이 아니었어요."

"신고한 사람이 홍재훈인데 네가 홍재훈이냐? 어제도 그러더니 또 거짓 전화야?"

"예, 그뿐만 아니라 모든 게 거짓이었어요."

"그러면 거짓이 더 있단 말이냐?"

"아, 그게…… 아니요."

나는 그렇게 얼버무리고는 경찰을 돌려보냈다.

하늘을 올려다보았다. 너무나 눈이 부셨다. 모든 일을 내려다보듯이 너무나 맑은 하늘이었다. 고개를 떨어뜨리고 말았다.

다시 밤이 이슥해졌다.

아버지는 혼자 텔레비전 뉴스를 보고 있었다. 어제 이어서 또 독도 뉴스였다.

> …… 해양경찰청은 서해와 남해에 있던 모든 경비함을 독도 근해로 이동하라는 명령을 내렸습니다. 아울러 일본 측량선과 해상 자위대 소속 경비함이 우리의 영해에 들어오면 충돌하여 모두 침몰시키라는 명령도 내렸습니다. '정말 돌아오지 못할 수도 있다는 각오로 작전에 임하고 있습니다.' 우리의 해양경찰은 결연한 각오로 독도로 향했습니다. 국민들의 마음도 온통 독도로 모아졌습니다. 이런 일촉즉발의 상황 속에서 일본의 측량선은 독도 근해로 출발을 포기하였습니다.

"국민들의 마음이 모아졌다고? 못난 놈들!"

아버지는 역시 화를 내면서 텔레비전을 꺼 버렸다. 그러고는 불도 끄고 자리에 누웠다. 멋쩍어진 나도 아버지 옆에 누웠다.

"아버지! 못난 놈이 도대체 누구예요?"

"협력할 것은 협력하고, 이해할 것은 이해를 해야 두 나라가 미래로 나아갈 수 있는 거야. 언제까지 과거에 매달려 있을 것인지. 못난 것들!"

내가 묻는 말의 대답 같기도 하고, 아닌 것 같기도 하였다. 하여튼 아리송하였다. 나는 궁금증을 이기지 못하고 다시 물었다.

"도둑은 어떻게 되었어요? 그 칼은?"

"확실한 것은 배 도수는 죽었고, 우리는 살아남아 그 칼을 여전히 쥐고 있다는 것이야."

아버지는 이상한 말을 늘어놓았다. 섬뜩한 느낌에 퍼뜩 고개를 돌려 아버지의 옆얼굴을 바라보았다. 아, 비명이 튀어나오는 내 입을 주먹으로 틀어막았다. 지나간 시간 속에서 보았던 홍 두령, 바로 그 홍 두령이 누워 있었다.

산이 소리치고 칼이 울부짖었다

동남제도 중 하나인 울릉도에는 배상삼의 죽음에 대한 이야기가 전해지고 있다. 그가 죽는 순간 섬 반대편에 있던 칼이 울부짖었다고 하는데, 지금도 어딘가에 숨어 있을 울부짖는 칼이 수년간 나를 붙잡고 놓아주지 않았다.

1883년 3월 16일, 조선은 개화파의 영수 김옥균을 동남제도 개척사 겸 관포경사(울릉도, 죽도, 독도를 개척하고 동해의 고래잡이를 관리하는 직책)로 임명하였다. 김옥균은 평소 울릉도 개척과 그곳의 임업 및 어업의 개발을 주장해 온 터라 고종은 그의 역량을 활용해 동남제도를 개발하려고 하였다. 그러나 관리들 중에서 직접 섬으로 들어가 백성들과 살면서 그 일을 도맡아 하려는 사람이 없었다. 그래서 섬에 살고 있는 백성 중 신망이

높은 한 사람을 선출하게 되었는데, 이때 울릉도수를 맡게 된 사람이 바로 배상삼이다.

1890년을 전후하여 울릉도에서 활동하던 그는 어느 날 무참히 살해를 당하고 마는데, 그의 죽음을 두고 지금까지 전해지는 이야기는 극히 상반되게 나뉜다. 포악하고 탐욕스러운 사람이었으므로 죽어 마땅했다는 이야기도 있는 반면에 백성의 편에서서 일본인의 도벌을 금지시키다가 일본인 앞잡이들에 의해 피살된 것이라는 이야기도 있다.

아울러 배상삼이 태하에서 죽을 때 산이 소리쳤고 집에 두고 온 칼이 몸부림치며 울부짖었다는 이야기도 함께 전해지고 있다. 이것이 뜻하는 바는 무엇이고, 살해에 가담한 사람들은 누구이며, 그들이 일제 강점기 동안 어떤 모습으로 살았는지를 살펴보면 배상삼이 죽게 된 연유를 충분히 짐작할 수 있다.

그러나 일제 강점기보다 더 긴 시간을 지나온 우리는 아직 그의 억울함을 풀어 주지 못하고 있다. 어디 이런 일이 단순히 울릉도라는 섬에만 국한된 일일까. 우리는 조선 말부터 지금까지 역사에 대한 청산 작업을 애써 덮어 온 탓에 수많은 배상삼을 만들었고, 그분들의 억울한 넋을 위로해 드리지 못하고 있다.

이 책을 배상삼처럼 나라가 제 역할을 못 할 때 백성을 위해 일하다 이름조차 남기지 못하고 가신 모든 분들께 바치고자 한다. 감히 그분들의 원통함을 풀어 드리고 우리들의 부끄러움을 조금이나마 씻고자 하는 바람이다.

백성들의 원한과 분노를 품은 그 칼을 찾고 싶다.

고래를 기다리는 집에서

김일광

동남제도 수호검 배상삼 이야기

1판 1쇄 인쇄 2019년 9월 30일
1판 1쇄 발행 2019년 10월 7일

지은이 | 김일광
펴낸이 | 한소원
펴낸곳 | 우리나비

등록 | 2013년 10월 25일(제387-2013-000056호)
주소 | 경기도 부천시 원미구 원미로 18번길 11
전화 | 070-8879-7093 **팩스** | 02-6455-0384
이메일 | michel61@naver.com

ISBN 979-11-86843-45-1 03810
★ 책값은 뒤표지에 있습니다.

이 도서의 국립중앙도서관 출판예정도서목록(CIP)은 서지정보유통지원시스템
홈페이지(http://seoji.nl.go.kr)와 국가자료종합목록시스템(http://www.nl.go.kr/kolisnet)에서
이용하실 수 있습니다. (CIP제어번호: CIP2019037539)

• 이 도서는 한국출판문화산업진흥원 2019년 우수출판콘텐츠 제작 지원 사업 선정작입니다.